Transversais do Tempo

Tailor Diniz

Transversais do Tempo

Sete histórias para todas as horas,
principalmente as más

Copyright © 2005, Tailor Diniz

Capa: Silvana Mattievich

Editoração: DFL

2006
Impresso no Brasil
Printed in Brazil

Cip-Brasil. Catalogação na fonte
Sindicato Nacional dos Editores de Livros, RJ

D613t	Diniz, Tailor Netto, 1955-
	    Transversais do tempo: sete histórias para todas as horas,
	principalmente as más/Tailor Diniz. — Rio de Janeiro: Bertrand
	Brasil, 2006.
	    128p.
	
	    ISBN 85-286-1219-8
	
	    1. Conto brasileiro. I. Título.

06-3773	CDD – 869.93 CDU – 821.134.3 (81)-3

Todos os direitos reservados pela:
EDITORA BERTRAND BRASIL LTDA.
Rua Argentina, 171 – 1º andar – São Cristóvão
20921-380 – Rio de Janeiro – RJ
Tel.: (0xx21) 2585-2070 – Fax: (0xx21) 2585-2087

Não é permitida a reprodução total ou parcial desta obra, por
quaisquer meios, sem a prévia autorização por escrito da Editora.

Atendemos pelo Reembolso Postal.

Sumário

A saideira —————— 9

Rolex de ouro chama a atenção de bandido —————19

Letra de tango ————— 33

Rastros na sarjeta —————39

Pelo avesso ————— 57

O inominado ———— 61

Entre espelhos e sombras ————— 75

"... ¿Que sucede al despertar? Sucede que, como estamos acostumbrados a la vida sucesiva, damos forma narrativa a nuestro sueño, pero nuestro sueño ha sido múltiple y ha sido simultáneo.

"... Sólo podemos examinar de los sueños su memoria, su pobre memoria.

"... los sueños son una obra estética, quizá la expresión estética más antigua.
Toma una forma extrañamente dramática, ya que somos, como dijo Addison, el teatro, el espectador, los actores, la fábula."

Jorge Luis Borges, em *La Pesadilla*

A saideira

Ela puxou os cabelos para trás das orelhas e riu, e quando apoiou os cotovelos sobre a mesa, disposta a lhe contar um segredo, os olhos de ambos se aproximaram na distância que separava seus dois rostos iluminados pelo néon. Ele pôde perceber, então, que os lábios dela tinham um tom róseo e ainda conservavam na superfície a umidade de um recente gole de cerveja.

— Fiquei indignada! — ela disse.

Ele riu no exato instante em que ela, de súbito, ficava séria. Depois ela voltou a rir e ele a acompanhou, rindo também, como quem ri de uma boa piada. Finalmente, riam os dois, alegres, bem próximos um do outro.

Ela fez uma pausa e voltou a falar. Mas, antes, puxou novamente os cabelos para trás das orelhas, onde pendiam brincos de feixes dourados, compridos, que se moviam sempre que ela movimentava a cabeça para os lados. Lembravam um espocar de fogos ornamentais quando, a cada balançar, passavam a refletir as luzes do néon vindas do luminoso do bar.

Desde que começaram a conversar ele havia notado aquele cacoete nela. Puxar os cabelos para trás das orelhas quando ia dizer alguma coisa. "Não fica feio", ele pensou. Melhor: era algo que parecia só dela, embora puxar os cabelos para trás das orelhas fosse um hábito comum em quase todas as mulheres que conhecia. Nela, no entanto, havia o perfil de um sinal personalizado, característico, algo como uma logomarca só dela e que nela, convenhamos, tinha o tamanho de um duradouro charme.

— Hoje fui abrir uma conta no banco — ela disse, e recomeçou a rir.

"O sorriso é também bonito", ele pensou, rindo junto.

— Preenchi a ficha direitinho, todos os dados, e devolvi. O cara olhou, olhou, conferiu os documentos e parou.

Nesse momento ela voltou a rir, embora não houvesse nenhuma alegria no riso. Tomou outro gole de cerveja, os longos brincos balançando inquietos, e puxou mais uma vez os cabelos para trás das orelhas.

— Não acreditei naquilo, juro! O meu pai viajando, esperando eu abrir a conta pra me mandar a mesada. Sabe o que o cara do banco me disse?

— Não! — ele respondeu, olhando-a dentro dos lábios e nos movimentos que eles faziam no exato instante da articulação de cada palavra.

— "Você é de menor!"

Ela ria. Ele riu também. Ela enfiou os dedos entre os cabelos pretos e jogou-os para trás.

10

Ainda riam, os dois, quando ela pegou sua *long neck* e se serviu de mais cerveja. Olhou para ele e perguntou:

— Que horas são?

— Duas e meia.

— Putz! Como passou ligeiro!

— Também não me dei conta de que passou tão rápido.

— Tenho que ir embora!

— Já!?

— Eu sou de menor! — ela ria.

Levantou a garrafa e olhou contra a luz.

— Nós bebemos, hein!?

— Também acho.

— Já bebi demais.

— A saideira, então!

— A saideira.

Ele chamou o garçom e pediu mais duas. Ela se aproximou do rosto dele.

— "Tem que levar a ficha pra casa e trazer assinada pelo seu pai" — disse, divertida. — "Ou pelo responsável..."

Ele se serviu do resto de cerveja que havia em sua garrafa enquanto o garçom vinha com mais duas e as largava sobre a mesa.

— Não é demais, cara!?

— O quê?

— Eu não poder abrir uma conta porque sou de menor.

— É, é demais! — ele concordou.

Ela abriu a bolsa para mostrar a ficha do banco. Ele pensou um pouco, olhou para o alto como se calculasse alguma coisa, depois falou.

— Você nasceu em...

— Vou fazer 18 no fim do ano — atalhou ela.

Ele ficou pensativo, absorto, fazia mais algumas contas de memória. Olhou para ela, que acabava de sorver um longo gole.

— Tá descendo redondinha — ela disse.

Ele pegou o copo e bebeu em silêncio. Ela também o observava, os olhos pretos agitados, ágeis, curiosos.

— Posso saber no que você está pensando?

— Pode, claro.

Ela aproximou o rosto, agora mais perto, e ele pôde sentir seu hálito, tépido e molhado, brisa leve e intermitente.

— Então diz.

— Dizer o que eu estava pensando?

— Sim.

— Por que você quer saber?

Ela manteve o rosto quase junto ao dele, inclinada para a frente, os cotovelos apoiados sobre a mesa. Era um olhar direto, sem disfarce ou dissimulação.

— Precisa dizer por quê? — perguntou ela, segurando-se para não rir.

Ele deu de ombros, como se lhe faltasse a resposta certa, e ela continuou:

— Ah, não sei! Quero saber, só isso.

— Está bem.

— Mas se você não quiser dizer não precisa — ela disse.

— Você nasceu no ano em que acabei meu mestrado.

Ela se jogou para trás na cadeira e soltou uma gargalhada. Prendeu os cabelos atrás das orelhas e, acima da nudez dos ombros queimados de sol, os dois brincos dourados balançaram, inquietos.

— Putz! Você tem idade pra ser meu paaai!

— Teu pai também concluiu o mestrado no ano em que você nasceu?

— Sei lá, pô!

Agora ela estava séria. Mas não recuou o rosto nem tirou o negrume dos olhos de sobre a face dele.

— Você disse que ia me dar uma carona.

— Sim.

— Mas você disse que mora a pouco mais de duas quadras daqui...

— Sim.

— E eu moro no outro lado da cidade.

— E daí?

— E daí que eu vou pegar um táxi.

— Por quê?

— Você vai atravessar a cidade só por minha causa?

— Eu não me importo de atravessar a cidade só por sua causa.

Ela pensou mais um pouco. Serviu o resto de cerveja e levantou a garrafa contra a luz.

— Nós bebemos, hein!?

— Você bebe.

— É mesmo! Já bebi bem mais que você.

— Tenho de dirigir.

— A saideira?

— A saideira.

O garçom trouxe mais uma, a dela. Ela se serviu e tomou um gole.

— Tá descendo redondinha — disse, estalando a língua, os olhos tentando pousar nos dele.

Ele também bebeu da sua, um gole curto, apenas para acompanhá-la.

— Já li cem páginas do seu livro — ela disse.

— E então?

— Ótimo! Adorei aquela parte em que a mulher mete o revólver na cara dele e diz: "Te interessa saber que estou sem calcinha, vagabundo?"

≷ 13 ≶

Ele riu. E ela:

— Tem outra parte que também achei dez!

Ele parecia constrangido:

— Qual? — perguntou, finalmente, sem desviar os olhos dos dela, aceitando a brincadeira.

— Quando ela bota o revólver na mão dele e diz: "Não vejo formas de prazer que não passem pela proximidade da morte." Uau! Como é que você consegue bolar tudo isso? Beleza, cara! Show mesmo!

— Você diz isso porque é minha amiga.

— E daí que eu seja sua amiga?

— Os amigos são suspeitos.

— Gostei mesmo. Não teria por que mentir.

— Teria, sim.

— Mas estou falando sério, juro!

— Que bom.

— Como é que você consegue bolar tudo isso, me diz? "Somente aqueles privilegiados que vêem a morte sob esse prisma é que conhecem a senha do verdadeiro prazer." Uau! Você é muito doido, cara!

Ele riu:

— E você é muito boa de memória pra se lembrar de tudo isso.

— Li e reli aquela parte várias vezes.

— Dá pra perceber.

— Quando terminar esse, quero os outros. Todos!

— Você está lendo rápido.

— Cem páginas em três dias — disse ela, puxando a mão dele para perto de si.

Olhou o relógio e empurrou o braço dele de volta.

— Putz! Como tá passando ligeiro.

— Também acho.

— O tempo tá voando, juro!

— Acho bom a gente ir.

— Eu vou de táxi.

— Eu levo você.

— Onde está o seu carro?

— No outro lado da rua.

— A saideira, então!

— Está bem. A saideira.

Ele pediu mais uma. Estavam só os dois no bar, e o garçom veio rápido.

— Tá descendo redondinha! — ela disse, passando a língua na superfície rosada dos lábios assim que tomou o primeiro gole da garrafa recém-chegada.

Ele a ajudou a tomar aquela. Ela queria pedir outra saideira; ele disse que não, era demais. Ela insistiu um pouco.

— A saideira, juro!

Combinaram, então, que ela iria bebendo a saideira no caminho. Quando se aproximavam do carro, ele passou à frente dela e abriu a porta. Esperou que ela entrasse e a fechou, com uma batida leve, seca. Caminhou até o outro lado e entrou. Ela se virou para ele, o carro já em movimento:

— Eu nunca vi disso!

— O quê?

— Pensei que isso fosse história, juro!

— O quê?

Ela ria.

— Esse lance de abrir a porta pra mulher entrar.

Ele riu também. Ela tomou um gole: — Uau, tá descendo redondinha! — E silenciaram por alguns instantes.

O carro rodava pela cidade quase deserta e eles riam; ela recordou a história da conta corrente que não pôde abrir porque era "de menor", divertiram-se com aquilo, depois ela passou a contar o caso do seu ex-namorado, da doideira que acabou sendo aquilo tudo, a necessidade de sair da cidade por uns tempos, a ida para Londres, a volta ao Brasil, a sensação de alívio depois que tudo terminou. Ia ensinando o caminho de casa e contando a história: "O cara era doido, ciumento", ela não podia olhar para o lado que ele só faltava agredi-la. No início, ela gostava muito dele, "era apaixonada, novinha, e aceitava tudo (o ciúme, o controle não deixavam de ser, à maneira dele, uma prova de amor)". Mas, com o passar do tempo, foi enchendo o saco, foi se amedrontando, se atemorizando, e quis cair fora. Só que o cara não queria nem saber de terminar o namoro.

— Foi ficando alucinado, começou a cheirar todas, até a mãe dele se meteu no meio, não queria que eu terminasse com ele, que segurasse mais um pouco a barra, que eu desse mais uma chance pra ele, que ele tinha prometido que ia mudar, e que se eu terminasse o namoro ele ia se matar, ele era filho único, seria uma tragédia pra ela. Mas eu não agüentava mais o cara, peguei raiva dele, não podia nem olhar pra cara dele; só de me lembrar das coisas que fiz com ele me dá nojo, me revolta o estômago. Tudo por amor, juro!, eu amava muito ele no início, mas depois não deu mais, era muita loucura, doença mesmo! Perdi mais de um ano nas mãos de um idiota, deixei de fazer muitas coisas só por causa dele; esse tempo que passamos juntos eu considero todo perdido. Um dia ele chegou lá em casa e disse: "Olha aqui, sua vagabunda, eu vou, mas levo você junto, tá sabendo?, de mim você não escapa, sacou?, tenho duas azeitonas aqui, guardadinhas, uma pra mim e outra pra você! Quer dizer, a primeira pra você, a segunda pra mim!" Aí eu tive que esquecer o vestibular, já inscrita, sumir do mapa por uns tempos; o cara estava maluco mesmo, alucinado, andava rondando a nossa casa noite e dia, eu não podia mais sair pra rua, meu pai queria matá-lo, então decidimos que eu ia viajar, sair da cidade, sumir do mapa por uns tempos até ele se acalmar. Viajei, fiquei um período fora, não muito grande, até que um dia decidi voltar, não ia ficar fugindo como uma criminosa sem ter cometido um crime, e voltei sem avisar ninguém, nem minha mãe, nem meu pai. Eu sabia que ele gostava de pegas de moto, de madrugada, no final da Ipiranga; daí, na primeira noite em que eu estava de volta, fui lá, cuidei a cor do capacete dele e marquei na cabeça, mas nem foi preciso, eu conhecia bem aquela figura, o jeito de andar, de pular em cima da moto; eu o reconheceria até debaixo d'água. Esperei no fim da rua, onde eles paravam depois da corrida; dei sorte que ele ficou para trás, olhando não sei o quê na moto; ainda pude chamá-lo pelo nome; ele me reconheceu, tirou o capacete e veio; aí eu não podia errar, né?, se deixasse ele vivo, deu pra mim, não ia ter uma segunda chance; então, puxei o revólver da bolsa e dei dois tiros na cara do escroto, me voltei, atravessei um campinho, tomei um táxi, e pude voltar em paz para casa. Eu sabia dos envolvimentos dele com drogas, todo mundo sabia, ele jogava na pesada, não foi nem um pouco trabalhoso pra polícia concluir que tinha sido queima de arquivo, briga de gangues, de traficantes, sei lá mais o quê. A mesma opinião dos meus pais. Esse não incomoda mais. Se alguém tinha que morrer, que fosse ele, né!?

Rodaram mais um pouco, em silêncio, e ela disse que ele devia dobrar à esquerda, e mostrou a casa onde morava, apontando o dedo:

— É ali que eu moro!

Ele parou e ela desceu, rápido, quase correndo, sem se despedir. Havia se lembrado de que perdera as chaves e precisava acordar a mãe para abrir o portão. Ele abriu a porta e saiu enquanto ela tocava a campainha externa. Ficou na frente do carro, observando-a, parado, sob a luz do poste, até que alguém falou alguma coisa, ela disse "sou eu, mãe!", e ouviram a trava da fechadura se soltando. Ela empurrou o portão e, quando avançava dois passos para dentro, se virou para trás e o viu parado sobre o meio-fio da calçada. Então ela voltou, correu até ele e o abraçou. Ele entrelaçou os braços nas costas dela, tudo muito rápido, ela se aninhando junto ao peito dele, inteira, o tempo suficiente para ele ouvir apenas um macio e quente sussurrar junto ao ouvido direito — um sussurrar que, momentos depois, quando vagava pela cidade, de volta para casa, tomou a forma terrível de um imenso e constante trovejar que não haveria de deixá-lo sossegado pelo resto da noite, até o dia clarear e o sono não vir: "Mato você também, se for preciso", foi o que ela disse, junto ao ouvido dele, antes de se desprender de seus braços e correr em direção ao portão aberto, a poucos passos da porta principal da casa.

18

Rolex de ouro chama a atenção de bandido

Meu chefe, o Verinaice, me chamou agora há pouco.

"Que pesadelo!"

Verinaice é o apelido dele aqui na empresa. Depois que a direção decidiu pagar um curso de inglês pra ele, o homem passou a meter inglês em toda e qualquer conversa. Outro dia, fomos fazer um desses cursos de Qualidade Total, e quando chegou a vez dele de mostrar o papel onde cada um devia escrever, com um mínimo de palavras possíveis, qual era a sua filosofia de vida, ele mostrou, cheio de amor pra dar, mas sempre com aquele seu jeito meio idiota de ser, um *very nice* bem grande, como se estivesse acabando de descobrir a pólvora e a penicilina. E não soube dizer outra coisa durante o resto do curso. Verinaice pra cá, Verinaice pra lá, encheu o saco de todo mundo, a nulidade.

Me chamou à sala dele e quis saber por que não havia saído nos jornais nenhuma notícia sobre a Semana Interna de Prevenção de Acidentes do Trabalho. Íamos para a décima quinta SIPAT da empresa e a imprensa não havia divulgado nada até aquele momento. O Verinaice estava exaltado, o mimoso. Afinal, eu tenho um bom salário aqui na empresa "pra quê?!" A semana estava terminando e "nenhuma notícia, pô!" Quase mandei o Verinaice à merda. Mas deixei pra, quem sabe, outro dia. Se eu conseguir meter aqueles anos de trabalho no campo, mais uns outros de periculosidade, que conta quase o dobro, me aposento logo e, "adeus, Verinaice!"

— Você convocou os repórteres para a demonstração dos bombeiros? A televisão tem que estar aqui hoje, porra!

Abri a boca pra perguntar "que bombeiros?", mas logo me dei conta. Eu havia tomado uma garrafa e meia de café para espantar o sono. Maldito sono. Só vem quando não posso dormir. Não me agüentava em pé, e o Verinaice ali, me enchendo o saco com SIPAT, bombeiros, sei lá mais o quê. Os bombeiros, me lembrei a tempo, viriam à empresa, no meio da tarde, fazer uma demonstração sobre como proceder em caso de incêndio.

— Manda botar na capa! Essa é a nossa décima quinta SIPAT, pô! — ordenou o Verinaice, com a sua natural cara de songamonga de todos os dias úteis, domingos e feriados.

Ainda exigia capa, a nulidade.

Quando me preparava pra sair, o Verinaice me chamou de volta. Pediu um artigo sobre as minas de carvão da Baviera, que tinha saído, ele não sabia bem quando, num jornal do qual não se lembrava; só sabia que era um artigo assinado por um engenheiro alemão, talvez Hans, talvez Fritz, especialista em carvão pra uso termoelétrico. Acho que, na cabeça do Verinaice, alemão não podia ser mesmo outra coisa senão Hans ou Fritz.

— Hoje à tarde tem reunião de diretoria e quero mostrar o artigo ao Diretor-Presidente. Você sabe que artigo é esse, não é? — me perguntou o Verinaice, com a mesma gravidade de quando exigiu uma matéria de capa nos jornais do Estado para a décima quinta SIPAT da empresa.

— Reunião hoje? Não vai ficar estranho, no dia da simulação? — tentei desconversar.

— Você sabe que artigo é esse, não é mesmo? — repetiu, sem trégua.

Abri a boca pra dizer que não, não sabia que artigo era aquele, mas acabei dizendo que sim. Não sei se ele desconfiou que eu talvez nunca tivesse visto o tal artigo na minha frente, ou se ele queria encher o saco de alguém e, na falta de outro mais à mão, havia me escolhido pra ser o seu saco de pancadas da hora.

— Ou a empresa paga um bom salário a você pra quê, se não é para ler os jornais e arquivar os assuntos de nosso interesse? — ainda insistiu o ordinário, não contente com o que já tinha me aporrinhado até ali.

Prometi a ele, então, localizar o artigo sobre as minas de carvão da Baviera; sem problemas, ele podia ficar tranqüilo. Se havia saído nos jornais, com certeza estava nos meus arquivos.

Quando me preparava para deixá-lo, o Verinaice mandou eu esperar. Pediu pelo interfone que Dona Cássia, a secretária dele, viesse até a sua sala e trouxesse "aquilo". Ele pronunciou a palavra "aquilo" com a mesma cara de bunda com a qual repetia Verinaice durante todo o curso sobre Qualidade Total. Tive a impressão de que a nuvem pesada de Dona Cássia já esperava ao pé da porta, pois bastou o Verinaice fechar a boca para ela entrar na sala, segurando na mão um exemplar do jornal interno da empresa, que eu editava.

"Que pesadelo!" É dormindo, é acordado. Já havia entornado uma garrafa e meia de café em dois toques pra derrubar o sono, mas estava difícil.

— Fala, Dona Cássia — mandou o Verinaice, uma cara de quem estava mesmo de complô contra a minha pessoa.

Logo na chegada dela eu já havia pressentido que vinha mais bomba pro meu lado; ou seja, naquele exato instante me ocorreu a idéia de que eu ia ter problemas, que ia haver barulho na sala do Verinaice, que alguma coisa de muito desagradável acabaria sobrando para um de nós.

Dona Cássia me olhou, de cima a baixo, e aí me dei conta de que ela se parecia com uma vizinha minha, a maluca do 902. Uma das orelhas de Dona Cássia dava a impressão de ser bem mais pesada que a outra. A cabeça pendia para a esquerda, e o olho do mesmo lado também acompanhava o desconfortável desvio, como se insistisse em conferir o que acontecia de anormal naquela direção, o que se repetia com a sobrancelha. "Instigante", diria um crítico de arte contemporânea ao observar um multicolorido rolo de cabos de fibra ótica deitado na calçada.

Dona Cássia se virou para o Verinaice e ele a mandou sentar, solene, como se ela fosse, em carne e osso, o bispo da paróquia na qual ele era cursilhista e ia à missa todos os domingos. Ela sentou-se, "e que cara de felicidade!", era como se acabassem de avisá-la que fora a talentosa merecedora de uma medalha de honra ao mérito por alguma especialidade sua — dobraduras em papel laminado, ikebana, pastelão de goiabada, nhoque ao molho madeira, pizza aos quatro queijos, lasanha de brócolis, o caralho.

Dona Cássia folheou o jornal e disse que havia detectado nele alguns erros graves, que aquilo pegava mal para a imagem da empresa; ela aproveitava a oportunidade, inclusive, diante do Dr. Verinaice — ela não disse "Verinaice", claro —, para se colocar à disposição e revisar o jornal antes de ele sair, que ela sempre fora muito aplicada no português e não deixaria passar coisas medonhas como aquelas.

Dona Cássia tem um forte sotaque de interior, caipira mesmo. Lembrei-me de uma de suas participações no curso de Qualidade Total, quando lhe perguntaram:

— Se você não fosse o que é, o que gostaria de ter sido?

O bom era o sotaque:

— Eu queria ser uma borboletinha, queria voar de flor em flor, sugar seu néctar lenitivo e purificante, voltar para casa alimentada de alegria e de pura natureza.

"Instigante... Vai sugar o néctar lenitivo dum caralho, pô!" O Verinaice, com aquela cara de bunda, foi o primeiro a aplaudir, o mimoso.

— Mas vamos aos erros — disse ela, cheia de razão e mais um pouco.

A palavra *empresa* estava escrita duas vezes com o "e" inicial minúsculo. Em uma das vezes, inclusive, "coisa grave, doutor!", na reportagem sobre o aniversário da mulher do Diretor-Presidente. Essa era uma norma interna, definida em reunião de diretoria, para toda a correspondência da empresa, que devia ser respeitada. Isso valia, também, para o nosso *house organ*. "Que vontade de meter minha mão na cara dela, meu irmão!" Havia um hífen inexplicável no meio da palavra *oportunizar*, no artigo do Diretor de Recursos Humanos.

Enquanto ela falava sobre os outros erros, todos graves, que pegavam mal para a imagem da empresa, pensei seriamente em tirar o querido pra fora e mandá-la procurar um hífen na cabeça dele. Quase perdi a outra cabeça, ali, na hora, pode crer! Ela, o Verinaice, o Diretor-Presidente, a mulher do Diretor-Presidente, o Diretor de Recursos Humanos, os bombeiros que viriam no meio da tarde fazer uma demonstração sobre salvamento em caso de incêndio, o corno do alemão especialista em carvão para fins termoelétricos que havia escrito um artigo sobre as minas da Baviera, num jornal que o Verinaice, "a nulidade do Verinaice", não se lembrava qual era, mas que queria mostrar ao Diretor-Presidente, na reunião de diretoria, no fim da tarde; "que fossem todos tomar nos seus respectivos orifícios anais", antes que fosse tarde e eu perdesse a sanidade, e eles viessem a se arrepender amargamente de terem nascido. Mas, pensando melhor, resolvi aceitar pacificamente o oferecimento de Dona Cássia. Ela podia ser aplicada no português, podia entender de revisão, o caralho. Mas tenho certeza: eu não tinha a menor idéia de como tinham aparecido aqueles hífens inexplicáveis no meio de uma palavra. "Deixa ela. A parva."

Ato contínuo (o Verinaice ia adorar isso: "ato contínuo!"), ato contínuo o Verinaice estufou o peito e disse que, a partir daquele momento, então, Dona Cássia passaria a revisar todos os textos do jornal antes da impressão. Principalmente porque a empresa, naqueles dias, iniciava sua campanha visando ao certificado ISO 9000. "Decisão importante", pensei cá comigo. O Verinaice adorava — era a glória pra ele quando aparecia uma chance de dizer "a partir de agora isso passará a ser assim, passará a ser assado". Dona Cássia, por sua vez, o peito estufado como só ela sabia estufar, levantou-se como uma verdadeira autoridade e pediu licença para se retirar do recinto. Deixa só aparecer o primeiro hífen inexplicável no meio de uma palavra. De preferência no meio de um dos nomes do Doutor Verinaice. Antes de eu sair da sala, como se não bastasse o que os dois tinham aporrinhado até ali, o Verinaice me chamou, eu já com meio corpo para fora, e perguntou, com aquela cara de bunda, se havia alguma dúvida.

— Temos uma reunião urgente-urgentíssima, hoje, inadiável, e este artigo vai ter que estar na mão, disponível, entendido?

Eu disse que sim e ganhei o rumo do corredor, dando graças a Deus por não ter perdido a cabeça e metido a mão na cara do Verinaice, na dele e na da Dona Cássia, pra fazer o serviço completo.

"Que pesadelo!" Bombeiros pipocando à minha volta, gente correndo de um lado pro outro, portas batendo, a simulação de um incêndio que, se dependesse de mim, poderia ser verdadeiro, tal era a encheção de saco de tudo aquilo. "Churrasquinho de Verinaice, que glória!" Eu estava até o pescoço de recortes de jornais de todos os tamanhos, procurando o tal artigo do alemão que tanto podia se chamar Hans como Fritz, a respeito de minas de carvão da Baviera; o bundão do Verinaice me ligando de cinco em cinco minutos, querendo saber se eu já havia localizado o "material", se as TVs tinham vindo cobrir a demonstração dos bombeiros sobre como proceder em casos de incêndio. "Isso vai sair nos jornais amanhã?", ele insistia em perguntar cada vez que ligava. "É a décima quinta SIPAT da empresa, pô!"

E eu tendo de agüentar no osso do peito todo o pandemônio armado pelos bombeiros à minha volta, aquele pesadelo infernal que parecia nunca mais ter fim. Até que localizei o tal artigo, quase em cima da hora da reunião de diretoria. Corri até a sala do Verinaice, e um alarme de incêndio detonou os meus tímpanos; atravessaram um extintor no meio do corredor, um pesadelo quase pior do que os que vêm me perturbando a vida nas poucas horas de sono, quando consigo dormir um pouco, de madrugada — quando tudo já parece estar perdido e o dia amanhece.

O Verinaice olhou o artigo, leu alguma coisa pelo meio, depois disse que não era bem aquilo. Problema dele. O artigo era sobre minas de carvão da Baviera, assinado por um alemão — não se chamava Hans nem Fritz, é verdade —, mas era especialista em carvão para fins termoelétricos, ah era! Felizmente, o Verinaice se deu por vencido. Me devolveu o artigo e mandou que eu tirasse doze cópias: ele queria distribuí-lo aos demais diretores da empresa.

Lá fui eu providenciar as cópias. A moça encarregada do SECOP, o Setor de Cópias, tinha ido para a simulação de incêndio, e a máquina copiadora não funcionava sem a presença dela, que tinha a chave. Os elevadores estavam trancados. Eles não podiam ser usados em caso de incêndio, e ali, certo como dois e dois são quatro, estava tendo uma simulação de incêndio — apenas as escadas podiam ser utilizadas. E eu precisava de doze cópias do artigo sobre minas de carvão da Baviera. Corri pelas escadas atrás da moça com quem estava a chave da copiadora. Quando cheguei ao térreo, os bofes saltando pela boca, um puto que não tinha o que fazer ainda pegou no meu pé.

— Esse daí já tinha virado bife — disse ele, o filho-da-puta.

Não dei bola, todo mundo riu da minha cara, mas, pensando bem, a piada era mesmo boa.

Localizei a moça do SECOP e falei com ela, tentando explicar a situação da forma mais clara e objetiva possível.

—Tirar cópia agora!? — gritou ela, como se eu fosse um louco, um maníaco sexual convidando-a pra trepar de quatrinho ali, na frente de todo mundo. — Estamos todos dispensados pra simulação da SIPAT! Ou ninguém disse isso pra você ainda?

Que vontade de meter a mão na cara dela também, meu Deus! Tentei argumentar que as cópias eram pra reunião de diretoria que iria começar dentro de instantes, se é que já não havia começado.

— E por que você não providenciou isso antes? Por que você não se programou com antecedência? — ela perguntava.

E eu firme. Mas ela, pelo menos, se dignou a olhar o artigo do alemão, que era especialista em carvão para fins termoelétricos.

— Cadê a requisição? — "Pronto, meu Deus!" — Você trabalha todo esse tempo na empresa e ainda não sabe que cópias só com requisição assinada pelo chefe? — Fiquei na dúvida se metia mesmo a mão na cara dela, na cara do Verinaice, na cara do bombeiro que ensinava como usar o extintor de incêndio, ou se simplesmente rasgava o artigo do alemão e ia embora pra casa.

Tentei novamente argumentar que não havia tido tempo de preparar a requisição, que a reunião de diretoria já estava começando, que fora o meu próprio chefe quem pedira as cópias, mas ela se mostrou irredutível.

— Eu cumpro ordens. Se fizer doze cópias sem requisição, poderei ser punida. É uma norma rigorosa da empresa que você devia conhecer.

Aí tive uma idéia. Na frente do prédio havia uma tabacaria que fazia cópias. Corri até lá, tirei as cópias e paguei do meu próprio bolso. Tentei subir pelo elevador, mas o bombeiro disse que a simulação ainda não havia terminado. Só pelas escadas. Subi quase correndo, fui até a sala do Verinaice, e ele já estava apertando o nó da gravata para se dirigir à sala de reuniões. Entreguei as cópias e ele me perguntou onde eu havia feito aquilo — "as folhas não tinham o timbre da empresa".

Expliquei que a moça do SECOP se negara a fazer as cópias sem requisição, e o Verinaice se indignou. Quis saber por que eu não havia voltado até a sala dele pra pegar a requisição. Foi aí que tive a segunda premonição de que naquele dia ia haver barulho na sala do Verinaice. A primeira ocorrera quando Dona Cássia havia entrado na sala dele no início da tarde. Foi naquele instante que pensei seriamente em meter uma bala na cara do Verinaice, ali mesmo, na sala dele, antes mesmo da reunião de diretoria começar, tivesse ele ou não de mostrar o artigo do alemão para o Diretor-Presidente. "E adeus anos de trabalho no campo, adeus aposentadoria!" Mas tudo bem.

Expliquei pro Verinaice que iria perder muito tempo subindo de volta, que os elevadores estavam trancados para a simulação de incêndio, e então achei melhor tirar as cópias na tabacaria em frente. Aí o Verinaice se atacou das hemorróidas e me xingou de novo. "Eu trabalhava todo aquele tempo na empresa e ainda não sabia que a contratação de serviços externos tinha que passar, primeiro, por três orçamentos, e o meio legal para aquilo era o SESEG, Setor de Serviços Gerais? Eu até poderia ser punido por isso. Aquela era uma empresa pública, devíamos zelar pela sua imagem, devíamos nos comportar como se ela fosse nossa, como se o dinheiro gasto em nome dela saísse do nosso próprio bolso." ("Mas aquele tinha saído!...")

Aí também já era demais! Foi então que me ocorreu a idéia de que por algum motivo que agora não vem ao caso, o Verinaice estava mesmo era querendo morrer, desencarnar, subir aos céus, acredito, partir desta pra melhor, vestir um pijama de madeira e comer capim pela raiz. "Tendência suicida, só podia ser!" Eu já tinha ouvido a psicóloga da empresa falar nisso um dia desses, numa palestra aos empregados, "que macaco quando se coça quer chumbo".

Com todo o respeito ao meu semelhante, à vida do meu semelhante, ao Verinaice, ao Diretor-Presidente, aos demais diretores da empresa, ao ISO 9000, não me restou outra saída. Tirei o revólver do bolso e dei um tiro na cara do Verinaice. Unzinho só. Mas no meio da cara, sem dar chances ao azar. Ato contínuo (o trolha do Verinaice, se vivo fosse, ia adorar isso, "ato contínuo"!), atirei as cópias em cima dele e fui me juntar à turba, no andar térreo, que assistia ao final da palestra do bombeiro sobre como proceder em casos de incêndio.

— Veja bem, gente. Em caso de sinistro, a primeira atitude é não entrar em pânico, correto? O pânico é uma péssima companhia numa hora em que precisamos agir com racionalidade. Muitas vezes, devido ao pânico, uma situação facilmente controlável pode virar uma tragédia, correto? Seja qual for a situação, no entanto, jamais se deve utilizar o elevador, correto? Dar preferência sempre às escadas, correto? Uma medida preventiva de vital importância são as portas de incêndio, que devem estar diuturnamente fechadas. Essas portas, à prova de fogo, isolam o local sinistrado, permitindo que as pessoas evacuem livremente através das escadas, correto? Agora vamos ver como proceder no uso do extintor em caso de sinistro... correto?

Terminada a palestra, quando os elevadores foram liberados e todos subíamos, aos poucos, pudemos ouvir os gritos de Dona Cássia, dizendo que haviam apagado o Verinaice. Naturalmente que ela não dizia assim, "que haviam apagado o Verinaice". E todo mundo ficou ali em estado de estupor, de choque, "uma tragédia", todos os empregados querendo saber como podia ter acontecido aquilo, inclusive eu, que só não me atirei sobre o corpo do Verinaice, para lhe dar um último abraço, porque fui contido.

— Foi um assalto, foi um assalto — gritava a parva da Dona Cássia, correndo de um lado para o outro, como uma verdadeira borboletinha voando de flor em flor.

≥ 29 ≤

A pasta do Verinaice estava toda revirada, faltava a carteira de dinheiro, os cartões de crédito, o talão de cheques, e o Rolex de ouro não estava no pulso. O "abominável assassino", gritava e repetia Dona Cássia, aproveitara o burburinho da simulação pra subir ao prédio sem ser visto e matar o pobre do Doutor Verinaice.

Bom, se ela insistia tanto nisso, batia tanto nessa tecla, não ia ser eu a pedir a gentileza da palavra, por uma questão de ordem, e dizer que não. Sendo assim, o caso, a partir daquele momento, não tinha mais nada a ver comigo, sinceramente. Aliás, justiça seja feita, sou muito bom nisso. Sou capaz de me convencer de qualquer coisa, até das mais absurdas e inacreditáveis. Basta que haja um motivo prático para isso.

Naquelas alturas, enquanto o Diretor-Presidente metia as mãos na cabeça e repetia: — Logo aqui dentro, pô! Eles não tinham outro lugar pra fazer isso, meu Deus!? Logo aqui nas dependências da empresa! —, enquanto aquele outro parvo repetia isso, eu até já estava verdadeiramente convencido de que eu não tinha mesmo nada a ver com a ocorrência daquele trágico episódio.

"Coitado do Verinaice", pensei. "Pediu pra levar. Eu não tinha outra saída." A questão ali, naquele exato momento, era *to be or not to be*. O Verinaice, se vivo fosse, ia achar essa o máximo. "Tubí-or-nó-tubí!" O coitado pediu pra levar e levou. Eu não tinha outra saída. Não tenho mais a menor dúvida de que alguém apagou o Verinaice apenas pra lhe roubar o dinheiro, os cartões de crédito, o talão de cheques, o Rolex de ouro do pulso.

O Diretor-Presidente, a cabeça muito branca, coçava o pescoço vermelho, quase em carne viva, e corria de um lado para o outro da sala. Não sabia dizer outra coisa além daquelas quatorze palavras: "Logo aqui dentro, pô! Eles não tinham outro lugar pra fazer isso, meu Deus!?" Supus que o Diretor-Presidente também não queria barulho pro lado dele, o ladino. Fui até o banheiro e lavei bem as mãos. Gastei todo o sabonete líquido, fiz um monte de espuma, principalmente nas mãos e no braço direito. Depois voltei à sala pra velar o meu amigo Verinaice.

Alguém já havia arranjado um pano branco e estendido em cima dele. O Diretor-Presidente parecia alucinado, continuava coçando o pescoço vermelho e repetindo aquelas palavras que já começavam a me encher o saco: "Logo aqui dentro, pô! Eles não tinham outro lugar pra fazer isso, meu Deus!?" Queria evitar barulho pro lado dele, o outro mimoso.

O delegado chegou com cara de galo de rinha e afastou todo mundo da sala. Perguntou se alguém tinha visto alguma coisa, e olhei, com cuidado, pra moça do SECOP. Ela ficou como estava, não levantou os olhos do chão, a parva. Dona Cássia, outra sumidade na arte da parvoíce, disse que estavam todos na simulação de incêndio, no térreo. Apenas os demais diretores tinham ficado no andar para uma reunião urgente-urgentíssima, inadiável, da diretoria da empresa. Ninguém tinha ouvido nada. Havia muito barulho, sirenes, correria, portas de incêndio batendo, o escambau.

Entraram na sala outros policiais. O delegado pediu, então, que todos ficássemos no lado de fora. Ali no chão, estendido no meio da sala, estava o Verinaice destituído da sua tão preciosa vida, o coitado. Pediu pra levar, o mala-sem-alça. O clímax da nossa conturbada relação foi um notório caso de tubí-or-nó-tubí. "Rolex de ouro no pulso chama a atenção de bandido, meu!" Ele devia saber, o mimoso.

Letra de tango

Quando levava a tampa de volta ao gargalo da garrafa para fechá-la, mudou de idéia e bebeu mais um pouco. Em vez de recolocar a garrafa na gaveta, como sempre fazia depois de um gole, largou-a sobre a mesa, a tampa dourada na mão, quase sem se dar conta — o rosto, sombrio, e os olhos, de quem não olha para lugar algum. De repente, um frêmito de suspiro surpreende-o com a tampa entre os dedos e o traz de volta para o silêncio da sala, onde o acompanha, na sua desolação, apenas um radinho de pilhas deitado no meio da mesa. Como que resgatado do olho de um redemoinho de doloridas meditações, toma um rápido gole de uísque, tampa a garrafa e a enfia na gaveta de ferro, fechando-a em seguida com uma batida seca, quase violenta.

— Tragam o boneco! — grita, olhando para a porta entreaberta.

O expediente estava calmo, nenhuma ocorrência nas últimas horas, por isso ele bebia sem trégua desde o início da manhã. Tinha apenas um caso de homicídio que precisava resolver naquela hora, sem perda de tempo. O inspetor de plantão viera informá-lo que o assassino, durante a noite, resolvera confessar o crime.

Parecia postergar o momento de interrogá-lo, até que decidiu ouvi-lo, para evitar que o preso mudasse de idéia e voltasse a negar tudo outra vez.

Enquanto o criminoso não se sentou à sua frente, um guarda de cada lado a lhe segurar os braços, o delegado não lhe dirigiu o olhar. Só o encarou, olho no olho, no momento em que o assassino respondeu à primeira pergunta, mais calmo, sem o tom arrogante e agressivo de logo após a prisão, no início da noite anterior:

— Não adianta mentir, doutor — diz o preso, procurando uma melhor posição para os engates das algemas nos pulsos machucados.

— Também acho...

E uma pausa de quase dor se interpõe entre eles enquanto o delegado pousa sobre o rosto ainda adolescente do outro um olhar definitivo, menos acovardado, mas ferido em algum recôndito de sombras passadas.

— Meu filho... — diz o delegado, como que a sentir uma chaga incurável a esfolar cada palavra pronunciada. — Meu filho... — repete, levando a mão até a gaveta para apalpar a garrafa de uísque. — Você confessa, então, que matou a mulher?

— Sim, doutor.

— Confessa de livre e espontânea vontade?

— Com certeza, doutor.

— Quer fazer isso na presença de um advogado?

— Não, doutor.

O delegado se vira para o escrivão, que acaba de se acomodar na cadeira junto à máquina de escrever, e faz sinal para ele registrar o depoimento. Por um curto instante, o barulho da máquina quebra o silêncio doído que paira sobre a dureza da sala e suas paredes salpicadas de manchas — o reboco destruído e tijolos parcialmente à vista.

— Meu filho... — retoma a palavra o delegado. — Por que tanto ódio?

Primeiro o preso fita o delegado como se não o compreendesse, depois fala:

— Que diferença faz, doutor?

— Nunca vi tanto ódio...

É possível que o assassino tenha pensado em rir, mas aquilo que poderia ter sido um prenúncio de sorriso em seu rosto ainda muito jovem logo se transforma na dura e afiada expressão de uma lâmina.

— Pois é, doutor...

— O legista teve dificuldades para contar as punhaladas...

— Foram oitenta e sete, doutor — ele se apressa em explicar.

O delegado vira o rosto para a janela e assim fica, meio de lado, enquanto o escrivão datilografa o depoimento. Quando o silêncio novamente se faz, ele se volta para o assassino, que não afrouxa o olhar um instante sequer. E antes que o delegado volte a falar, completa:

— Inicialmente dei trinta punhaladas, doutor.

O delegado não se contém. ("Como pôde contá-las, como?!") e, num único impulso, retira a garrafa da gaveta, toma um gole e oferece ao outro, que agradece.

— Não bebo, doutor.

O delegado pensa um pouco, e uma distante melancolia brota, e com ela a agudeza de um suspiro carregado de pensamentos mudos.

— Era melhor se tivesse aprendido, meu filho...

— Aprendido o quê, doutor?

— A beber...

O preso olha-o como se nada entendesse.

— Esquece — diz o delegado.

— Depois foram mais trinta e seis, doutor — continua o preso. ("Como pôde?!")

O delegado brinca com a tampa dourada da garrafa sobre a mesa.

— Que vêm a somar sessenta e seis...

O delegado bebe outro gole, agora curto, sem qualquer constrangimento, diante do olhar de semiconsciência do preso.

— Meu filho... — o delegado enxuga o suor na manga da camisa. — Por que tudo isso, me diga?

— Depois foram mais vinte e uma, doutor...

O delegado larga a garrafa sobre a mesa, aberta, ao lado da tampa. ("Que contabilidade macabra...") Na máquina de escrever, o escrivão continua, alheio e burocrático, a registrar o depoimento.

— Mas, por que tanto ódio?

— Ela mentiu, doutor!

O delegado apanha a garrafa e bebe mais um gole.

— Ela mentiu uma vez... Mentiu de novo... e tornou a mentir, doutor!

Atordoado, como se estivesse diante de uma saraivada de balas em campo aberto, o delegado bebe sucessivos goles no gargalo da garrafa.

— Isso parece letra de tango, meu filho!

≷ 36 ≶

— Dei as trinta punhaladas iniciais e me lembrei que aquela era a terceira mentira dela, doutor. ("A enorme capacidade do revide não nubla sua contabilidade, meu filho?!")

O delegado olha direto nos olhos do assassino à procura de um porto onde possa ancorar sua perplexidade.

— Aí dei mais trinta e seis por conta da reincidência! E, finalmente, doutor, por conta da terceira mentira, dei mais vinte e uma, fechando as oitenta e sete...

O delegado larga a garrafa vazia sobre a mesa, meditativo, o fogo do álcool rutilando nas retinas e nas órbitas, entre pestanas e pálpebras encharcadas, e um novo suspiro lhe corta subitamente o ritmo agitado da respiração.

— Isso é tudo, meu filho? ("Putz, chamo um sujeito desses de 'meu filho'!?")

O assassino faz um breve silêncio, como se não entendesse direito a pergunta, e responde:

— Sim, doutor. Com certeza.

O delegado se vira para o escrivão, que termina de datilografar o depoimento, e espera. Apanha o papel e o entrega ao preso, que assina seu nome sem ao menos ler o que está escrito.

— E agora, doutor? — pergunta, o olhar um tanto assustado e interrogativo.

Os olhos do delegado pairam por alguns instantes sobre a garrafa, já vazia, em cima da mesa, depois ele levanta o rosto para os dois guardas e diz:

— Levem-no...

E, voltando-se para o preso, pronuncia a primeira frase que lhe vem à cabeça:

— Agora, a única coisa a fazer, meu filho, é tocar um tango argentino...

O homem, com ar juvenil e irresponsavelmente espontâneo no tom rosado do rosto, encara-o sem receio, quase sorrindo, e fala uma última vez:

— Isso é de um poema, não é, doutor? Do Manuel Bandeira, não é, doutor? ("Do Manuel Bandeira! O cara, pelo jeito, conhece alguma coisa de poesia, e muita, muita coisa sobre essa arte nada lírica do assassinato.")

O delegado não contém um outro suspiro de dor. E se cala até que o culpado seja reconduzido à saída.

— É demais... — ainda diz, os olhos encharcados de álcool, enquanto deita o olhar taciturno junto à garrafa vazia plantada sobre a mesa, ao lado do radinho de pilhas. Cujo volume ele aumenta.

Na entrada do prédio o porteiro ressona, a cabeça jogada para trás no espaldar da cadeira, a boca aberta em frente ao prato vazio. "Cena bizarra", penso eu, enquanto meto a mão no bolso para apanhar o revólver. Igual ao relâmpago na tempestade, a luz de um carro trespassa a porta de vidro e se reflete no espelho ao lado do elevador. Faço a mira na altura do peito, no lugar onde julgo estar o coração, e puxo o gatilho. O barulho do tiro reverbera no espaço como um rojão retardatário, rasgando a torpeza da madrugada recém-adormecida. Depois entro no elevador e subo para o apartamento com a tépida sensação de que nem tudo foi em vão até ali: por conta do cansaço que trago entranhado no corpo, talvez consiga dormir um pouco tão logo caia na cama.

Rastros na sarjeta

Chove forte debaixo desta lua escondida, fria e imponderável. Não parece dezembro, não parece noite de réveillon. Sopra do Sul um vento frio e insistente, que traz consigo um espectro de inverno recém-chegado. Se o tempo não fosse de chuva, eu já teria saído.

Fogos espocam não muito longe, sinal de que, submissa ao som seco do relógio na parede, aproxima-se a meia-noite.

Fecho a cortina e desligo a TV.

Apanho a gabardine e o guarda-chuva, e me apresso a sair.

A chuva bate forte, insistente, sem trégua e sem indícios de que vá parar.

Ao deixar o elevador, observo a satisfação do porteiro que acaba de trinchar uma lasca branca de pernil. Sobre o balcão de fórmica jaz uma taça borbulhante, e nela há um certo glamour; a debutante que espera a sua vez de dançar. O porteiro está tão empenhado em mastigar o pedaço de porco que quase não percebe a minha passagem. Toma um gole da taça e sorri, a boca lambuzada de maionese e farofa, e me deseja um Feliz Ano-Novo. O sorriso dele, a julgar pela afoiteza com que reconduz o olhar para o prato, ainda carrega resquícios de gratidão a quem dele se lembrou nesta noite de réveillon.

Sem pressa, caminho pelas ruas alagadas, corto a chuva, tangencio a cidade, passo a passo, sem tempo calculado para voltar.

Na outra calçada, onde o cão de sempre, agora molhado, fuça em uma lata de lixo, está a casa, sua silhueta borrifada de vapor e uma estrela de Belém desenhada pelo néon. Não há mais o espocar de fogos a sobressaltar a miséria da noite quando paro em frente e toco a campainha. Assim que se abre a boca quente da porta, filtrada pelo bafo de suor e fumaça que vem ao meu encontro, ouço a primeira frase da música, lá dentro:

Dos gardenias para ti...

Não estivesse acostumado, vacilaria antes de entrar. Sentiria medo ao ver cair em mim o sorriso vermelho, pesado, da dona da casa, de viés na porta, lenta a me receber.

No meio da sala, mal movimentando os corpos suados, dois casais acompanham o compasso da música. Três mulheres bebem e fumam, solitárias, num sofá desbotado embaixo da escada. A anfitriã senta-se a meu lado, abre como sempre um sorriso um tanto vampiresco, mas, também, é como se misturasse a dor do seu olhar à água de chuva dos meus olhos. A cara de quem lamenta algum fato, alheio ao seu livre-arbítrio, estica o indicador pontudo para o teto, onde estão plantados os quartos do andar de cima.

Um longo suspiro é a minha resposta antes do impulso, traiçoeiro, que me empurra para o primeiro gole. Acabo de entender que a espera será longa, talvez infinita como tem sido até aqui, até esta noite de réveillon encharcada de chuva e de uma solidão sem nome.

Quando me acompanham na sala apenas a dona da casa e seu sorriso fantasma; quando minha alma se afoga pela ingestão de todos os uísques que me impôs a andrajosa e inútil espera; quando, imagino, todos os cães de sarjeta já terão percorrido todos os lixos da cidade, então saio novamente para a rua, no meu passo vacilante e coleante, e circundo a madrugada e sua cara de avesso da noite, e volto para casa.

Não é um pesadelo, como tantos que me acompanham durante o sono nestes anos a fio.

Tenho certeza de estar sonhando com algo que não é um pesadelo quando toca o telefone e o síndico me avisa sobre o assassinato do porteiro.

— Assassinado friamente com um tiro no peito enquanto dormia.

Também tenho certeza de que entre o toque do telefone, o meu despertar e a voz do síndico, o sonho ainda não se havia desvencilhado totalmente de algum canto insondável do meu cérebro descolorido.

Estou certo de que já tinha pleno conhecimento do sonho sobre o qual ainda me debato nestes confusos dias de hoje; até mesmo nas poucas horas em que durmo me ocupo em buscá-lo, me ocupo da extenuante tarefa de recuperar aquilo que se perdeu numa fração de segundos, entre um toque de telefone e a voz esganiçada de tragédia do síndico, anunciando o assassinato do porteiro do prédio.

Apesar do embate, não consigo resgatar meu sonho. Vislumbro, às vezes, apenas minúsculos grãos de luz desconectados e esparsos, ínfimo adejar de poeira luminosa que se desintegra tão logo esboço um mínimo esforço.

Tenho certeza apenas de que havia um sonho e que era um sonho bom.

Um sonho tão bom que, pelo simples fato de me lembrar da sua existência, sinto um pouco de paz invadir meu espírito vergastado pela presença incômoda das horas deixadas para trás.

Era um sonho bom; não era um pesadelo.

E isso é tudo de que me recordo.

— Ele estava morto, mas olhou pra mim! — diz a filha adolescente do síndico, com jeito de louca.

Essa frase já ouvi não sei quantas vezes desde que soube, pelo telefone, da morte do porteiro, quando meu sonho, que era bom, caiu em algum desvão perverso da memória, perdendo-se.

A filha do síndico foi quem encontrou o morto, as pálpebras abertas como se olhasse para o prato vazio sobre o balcão de fórmica.

Ela voltava de uma festa na casa de amigos.

Seus acompanhantes deixaram-na em frente ao prédio e, tão logo entrou, deparou com a cena, sem tempo para chamá-los de volta.

Ali ficou, na frente do porteiro não-mais-porteiro, não-mais-um-homem, um morto, uma poça de sangue no chão, a garota gritando uma única frase, até alguém ouvir e descer para ampará-la.

Desde então é só o que sabe dizer, como se tivesse aprendido apenas aquelas sete palavras.

— *Ele estava morto, mas olhou pra mim.*

A filha do síndico parece apegada ao morto, e dali, da portaria, enquanto a polícia faz os levantamentos de praxe, não há cristo que a tire.

Mantém os olhos fixos no lençol em cima do corpo e, volta e meia, com o mesmo jeito de doida varrida, repete aquela frase que já começa a torrar a paciência de qualquer um.

— Pelo menos não morreu de barriga vazia, o coitado! — diz a mulher do 902, que tem o absurdo hábito de empilhar latas de leite em pó vazias junto à porta para se proteger contra os arrombadores.

Tem verdadeiro pavor de ser surpreendida dormindo.

Volta e meia, cedo da manhã, ouço do meu apartamento, que fica embaixo, o barulho das latas despencando.

Não sei o que acontece, mas imagino que ela acabe por tropeçar nelas.

Pelo ruído, elas caem todas ao mesmo tempo, como se alguém desabasse junto.

A vizinha do 902 também repetia a sua frase quase tanto quanto a filha do síndico repetia a dela.

Só que não tinha no rosto o mesmo jeito de louca.

Contava, também, que fora ela quem se lembrara do coitado do porteiro, na hora da ceia de Ano-Novo.

Ela lhe trouxera um prato pronto e uma taça de espumante.

— Deus já está sabendo disso! — diz a mulher do síndico, para que todos ouçam, enquanto segura a atordoada da filha pelo braço.

— Amém — diz a do 902.

≥ 43 ≤

Às vezes tenho algumas cismas que não sei de onde vêm.

Desde o primeiro dia em que encontrei a mulher do 902, meti na cabeça que ela toma vinho de garrafão no gargalo.

Se alguém me perguntar por quê, vou dizer não sei.

Nem sei se ela bebe.

Talvez sim.

Trouxe uma taça de espumante para o porteiro!

Se tem espumante em casa, deve ser porque bebe.

Quem não gosta de barulho não empilha latas vazias atrás da porta.

Olho novamente para ela, o pescoço torto, e ninguém me tira da cabeça que ela gosta de beber vinho no gargalo do garrafão.

O delegado vem conversar comigo à tarde.

Diz que é um procedimento de praxe.

É preciso ouvir todos os moradores do prédio.

Quando ele tocou a campainha, eu estava cochilando no sofá, a televisão ligada numa merda de programa, não me lembro qual.

Uma dupla sertaneja se esgoelava num som quase mortal para qualquer ouvido mais sensível.

O cantor da direita tinha jeito de anão de jardim e era o que mais gritava.

Mas isso não faz muita diferença.

Todos são merda mesmo.

Abro a porta e o delegado pede licença para entrar, com jeito afetado, as bochechas rosadas, os olhos empapados, como se fosse saltar sobre mim.

Convido-o a sentar-se e paro em frente a ele, a cara fechada.

O delegado tem um jeito estranho, parece desconfortável com alguma coisa.

Faz voltas, ajeita o nó da gravata, não entra no assunto que já sei qual é; não existe outro; afinal, o porteiro do prédio onde moro foi assassinado e não há de ser pela minha beleza que o delegado veio me ver, neste feriado de confraternização universal, olhando pra mim com uma cara de falso idiota metido a esperto.

Então, com jeito de enfado, ele pede que, "por gentileza", eu não leve a mal, mas que, "por favor", feche o roupão.

Eu havia aberto a porta como estava, como costumo ficar em casa: apenas de roupão, sem nada por baixo.

Fecho o roupão e ele, então, começa a falar, como se a visão do meu caralho tivesse, antes, inibido a parte de seu cérebro responsável pela fala.

Pergunta se tenho arma em casa.

— Naturalmente que não — respondo, mirando a parte superior de seu nariz, bem no meio dos olhos, como se fosse lhe dar um tiro.

— A não ser facas, facas de cozinha, aquelas de serrilhado até a metade, já gastas, que não cortam mais nada — explico, contrariado.

Mas ele insiste na pergunta, arma de fogo, revólver, trabuco, pau-de-fogo, trezoitão; quer saber.

Caminho um pouco na frente dele, como se fosse personagem de um filme, e respondo que "não, arma de espécie alguma", muito embora já tivesse pensado várias vezes em adquirir uma "sempre que leio no jornal essas notícias de assaltos à luz do dia, de ladrões matando por nada ou com medo de serem reconhecidos; enfim, já pensei em ter uma arma pra me defender, mas isso ficou só na vontade".

Mas o filho-da-puta parece desconfiar de alguma coisa, não sei exatamente de quê. Me olha com cara de riso abafado, preso, meio debochado, fingindo seriedade: aquela cara de veado, de putão enrustido. Sinceramente, me dá uma vontade quase incontrolável de lhe meter a mão nos beiços, mas me contenho, ainda me sobra um pouco de paciência para enfrentar o resto da tarde. Mas que dá vontade, ah, dá! Aquela carona larga, aquelas bochechas engraxadas, aqueles olhos saltados e vermelhos, aquele olhar de pinguço me fazendo perguntas e mais perguntas. E todas parecidas, repetitivas, como um eco, como uma espécie de incapacidade dele em compreender minhas respostas e perguntar tudo de novo.

Até que ele se dá por satisfeito e se levanta. Ao se levantar, enquanto o acompanho até a porta, sinto o olhar dele no meu roupão de toalha, que, naturalmente, continua fechado. "Será que alimenta alguma esperança de que esteja outra vez aberto? Problema dele, isso agora não me interessa, pense ele o que bem entender. Que vá buscar consolo noutro lugar, pederasta..."

Saio para a rua como faço todas as noites.

Embora cambaleante, carrego na cabeça o meu destino rascunhado.

Atravesso a cidade, costeio vitrines; a inconsciência macabra metaboliza as luzes dos carros que denunciam, aos gritos, a minha fuga sobre a umidade irregular das pedras do calçamento. Imerso na sombra espessa dos edifícios, mergulho na solidão escura, esgueirando-me entre casas e ruelas, eu que praticamente conheço quase todos os recônditos inabitáveis da cidade em coma. Não demora, irei bater à porta da casa de espíritos na penumbra, a casa que tem um néon na fachada e borrifa sobre o chão o descolorido brumoso de suas luzes baças e frias. Não tarda, baterei à porta dessa casa onde se esconde uma mulher de olhar vampiro; ela vai me receber com mesuras, como se seu sorriso vermelho fosse capaz de atenuar a aleivosa pulsação que, todas as noites, me faz percorrer as dores agudas da cidade transversa. A mulher dirá que já é Carnaval e cantará um trecho de *Bandeira Branca*; mas, alheios ao seu grito de paz, os cães sem dono continuarão a perambular pela rua, entre lixos e monturos, entre carros esquecidos e caçambas de entulho, entre o cimento e a sucata que a imensidão da metrópole expõe com sua boca escancarada e não digere, que recepta e acolhe, a contragosto, com cara de quem vai vomitar. A mulher-vampiro estenderá sua mão fina e transparente de dedos ossudos e abrirá para mim um imenso sorriso de gengivas salientes. Me indicará uma poltrona e ela mesma servirá a primeira dose do uísque que irá me consumir o sangue e a razão, e me levará também até o rastro recente da minha próxima vítima.

No meio da sala, dança um casal sob o olhar entediado das putas que, quase nuas, se espicham, preguiçosas, entre poltronas e sofás. Se eu beber ou não beber, pouca diferença faz. A mulher abraçada ao homem que lhe paga a bebida continuará sua dança barata, seu ritual perverso, até ele a conduzir ao quarto, onde permanecerão juntos o justo tempo que seu bolso puder bancar.

Então bebo.

E enquanto puder observá-los na sua ópera pérfida, abraçados como velhos amantes, a mulher-vampiro anunciará novamente que já é Carnaval e cantará "bandeira branca, amor, eu peço paz!", e me encherá o copo para que eu, quando sair dali, esteja ainda mais íntimo das sarjetas, para que eu continue sendo o mesmo perdido de sempre, aquele náufrago que, noites e noites, se esgueira entre os reflexos negros do concreto; aquele ressurreto da noite que, como a peste dos cães vadios, procura algo extraviado que nem ele sabe o que é, apesar da vazia insistência de todas as minhas buscas.

≳ 47 ≲

Reinicio minha travessia de eterno retorno, quando alguma claridade já trespassa os vãos silenciosos dos edifícios. Não demora, estarei em casa, as pernas tomadas de dor, e por estar desse jeito, extenuado, quase morto, talvez não demore tanto a encontrar o sono. Talvez eu possa morrer um pouco por algumas horas e, quem sabe, dessa vez, se possível, morrer sem tantas dores e tantos pesadelos a me atormentarem o sonhado descanso.

Na rua, à beira da calçada, uma caçamba de entulho dorme sobre o asfalto e, dentro dela, ressona um homem, em meio a caixas e jornais que lhe servem de cama e de cobertas. A caçamba é a cama; a casa, talvez uma ilha perdida que o homem escolheu entre todas as outras caçambas para despistar o olhar perigoso da cidade e seus tentáculos inevitáveis.

Interrompo o andar enquanto apalpo o casaco à procura do revólver.

Então meto a mão no bolso e, sem vacilar, nem mesmo sem olhar para os lados para conferir se alguém me vê, puxo o gatilho.

Um estampido ecoa das minhas mãos e se perde madrugada adentro.

De humano, depois do tiro, apenas um farfalhar de papel sobre o entulho disforme da caçamba.

Guardo a arma no bolso interno do casaco e retomo o caminho de volta para casa.

Meto a chave na fechadura, e é com surpresa que o porteiro, sobressaltado, me vê cruzando a porta, a mão no bolso interno do casaco sobre o revólver ainda morno do último disparo.

Acordo, no meio da manhã, molhado de suor, uma desgraça de sol entrando nos vãos da persiana estragada.

Talvez houvesse pânico nos olhos dele, entre jornais e caixas de papelão, ao receber o tiro.

Reviro os espelhos junto às paredes do quarto — o rosto inchado e vermelho, os cabelos gordurosos grudados nas têmporas e na testa, e não encontro nada que satisfaça a minha angústia em conhecer o tipo de reação dele enquanto morria.

É Carnaval, e corro para o banheiro e abro o chuveiro. Deixo a água bater pesada sobre meu corpo suado, e quero que, com o suor, saia também o indelével estupor que me abate e me transfigura em um fugitivo de algo entre o medo e a morte. Ensabôo o corpo várias vezes e deixo a água cair sobre a cabeça doída, sobre a dura frieza dos músculos retesados. Com fúria, esfrego a mão e o braço, como se dali precisasse extrair algo impregnado e de difícil extirpação. A tepidez da água me dá um certo alívio, embora perceba, através do espelho embaçado, uma espécie de pânico remanescente do sono que eu acabara de interromper, encharcado de suor, no interior calorento desta manhã sem futuro.

Visto meu roupão de toalha e vou ver TV.

Uma escola de samba passa na avenida — cores, suor, um estridente som de baterias penetra na sala e se comprime entre as paredes que me separam do resto da cidade. Vou coar café, e um cheiro reconfortante se espalha pelo apartamento em questão de segundos.

Tomo café deitado no sofá.

Na TV, passa uma escola de samba — o repórter suarento, ao lado da mulher seminua, guincha como doido em meio ao grito repicante das baterias.

Não me descuido de esfregar o braço e a mão direita, quero extrair deles o algo impuro ali impregnado, contagioso, algo que, ao cabo de poucos segundos de descuido, será capaz de contaminar todos os demais membros e órgãos do meu corpo, todas as veias e todos os músculos que pulsam diante do revólver sobre a mesa de centro, onde há também um resto de pizza e um copo de uísque vazio.

Além da janela, paira a cidade deserta, concreta — extenso e pontiagudo cemitério de gente sepultada viva, longínqua prisão de pessoas prontas para morrer e ressuscitar a cada momento de repetido descuido.

A televisão ligada, resíduos de pizza sobre a mesa, uma garrafa vazia ao lado, meu roupão desbotado sobre o tapete da sala que ainda cheira a sabonete Lux e a café recém-coado. Visto-me, saio para a rua. O porteiro me cumprimenta com disposição solene, os cabelos cuidadosamente repartidos ao meio, o rosto escanhoado e um cheiro de lavanda pairando na calada mornidão da manhã. Ao retribuir o cumprimento, enfio a mão no bolso do casaco — o mesmo bolso puído onde um pouco antes, quando acabava de me vestir, guardei o revólver de cano prateado, brilhante, cheio de reflexos sob a luz da janela escancarada.

O sol a pino do meio-dia: tiro o casaco e o penduro no ombro. No bolso, confiro se o revólver ainda me acompanha; pressiono-o junto a mim com medo de que caia na indiferença hostil do asfalto prenhe de calor, sob os pneus dos poucos carros e ônibus que trafegam àquela hora, nas artérias da cidade.

Próximo ao parque há uma boca de rua.

Ali descansam os carros alegóricos da noite anterior, alguns sendo desmontados, outros semidestruídos, a aparência de algo se derretendo lentamente com o calor vindo de cima, de baixo, de todos os lados possíveis.

Detenho-me nos carros, imensos carros, bocarras de dragões, carrancas coloridas, penas, paetês, plumas, papéis que brilham ao sol, restos de festa, duas baianas dormindo na sombra, as cabeças escoradas no cordão da calçada, um dominó que boceja ao lado; acaricio o revólver no bolso do casaco, contorno um dos carros, um imenso vulcão, a boca aberta em direção ao sol abrasador, um tiro seco abafado pelo motor de um ônibus, um dominó caindo ensangüentado sobre duas baianas, um homem fugindo entre as alegorias, um homem em casa lavando as mãos e os braços, a televisão ligada na repetição dos desfiles, uma cabeça de dragão inteira no vídeo, duas mulheres nuas a seguir, corpos molhados, braços abertos, restos de pizza sobre a mesa de centro, uma garrafa vazia ao lado, o rosto torpe do porteiro em frente ao prédio, a rua queimada de sol a se atravessar outra vez no meu implacável destino de sangue.

Novamente a sordidez da noite e as bocas iluminadas das janelas, o avançar vagaroso das sombras entre os edifícios; as cortinas, círculos do inferno, que se fecham para aguardar o lento aproximar da madrugada quente, o labirinto das calçadas a embaralhar todos os caminhos de volta ao sonhado paraíso.

Acordo com o sol forte me batendo no rosto, sol terrível e quente que incendeia o espírito já nas primeiras horas do dia. Os olhos desprotegidos, apalpo a roupa, apalpo o lugar onde me deito, e só depois de algum esforço consigo me erguer. Transeuntes passam sem me ver, caminham de cabeça baixa, sem visão lateral, como se nada houvesse em volta, nenhum detalhe da cidade lhes dissesse respeito. Pulo de dentro da caçamba e caio em pé sobre a calçada, ando rápido, a mão no bolso do casaco; as pernas ainda não respondem bem aos impulsos do cérebro.

Entro num boteco e peço café com pão e manteiga.

Tomo o café em dois goles.

Cenas de mulheres nuas em cima de carros alegóricos se sucedem na TV pendurada na parede, ao lado do balcão.

Mastigo o pão e chamo novamente o garçom.

A segunda xícara, tomo com mais parcimônia, mas sem tirar os olhos das costas do garçom enquanto ele atende aos ocupantes das outras mesas, não muitos, mas que freqüentemente exigem sua passagem pela mesa onde estou, as costas desprotegidas e largas.

Na noite passada foi outro pesadelo daqueles de matar.

Era como se eu existisse sem existir; existia, mas não existia; poderia deixar de existir a qualquer momento se parasse de pensar; minha cabeça era um vazio extenso contra o qual eu precisava lutar com unhas e dentes, preso, inerte em algum lugar estranho e não sabido, amordaçado, o corpo atado por imensas amarras, talvez gesso, um imenso bloco de gesso a impedir meus movimentos, todo e qualquer movimento, apenas os olhos livres para alguma coisa.

A mão no bolso direito do casaco, grito para o garçom e ele me pede um minuto.

O mesmo refrão de música se repete na TV, o som estridente das baterias; começo a ficar inquieto, o garçom faz sinal para eu ter paciência, já está vindo; o mesmo refrão da música, o mesmo barulho de carros no lado de fora, o mesmo sol deitando sob o asfalto, o mesmo calor do dia anterior; o bosta do garçom fazendo sinal para eu ter calma, já está vindo, então não me resta outra saída senão sacar o revólver quente do bolso amarfanhado.

Pediu, vai levar.

O garçom me olha assustado, aponto o cano prateado em sua direção, ele foge, "filho-da-puta", corre para trás do balcão, e eu puxo o gatilho.

O garçom ainda procura um lugar para se esconder, e eu atiro de novo.

Ainda dou mais um tiro no bosta do garçom e corro para a rua, sem olhar para trás, e me perco no meio do trânsito, em meio ao detonar de buzinas, motores e freios zunindo sobre o calor do asfalto manchado de óleo e de pneus.

O cão que sempre estava ali, fuçando nas latas de lixo ou enrodilhado na sarjeta, não aparece para me festejar.

A casa não é mais a mesma, não há néon na fachada, nenhuma mulher-vampiro vem me receber; luzes apagadas, bato à porta e ninguém está ali para abri-la.

≋ ℒ ≋

Pressiono a maçaneta para baixo, com força, mas sinto o mundo trancado, avesso, sem uma réstia de luz sequer vinda de algum lugar — não existe o som, nem a música que antes saía dali, nem o cricrilar dos grilos de antes que se escondiam entre as pedras da calçada, nem o cão para fuçar no lixo porque nem lixo há mais na calçada que também parece não ser mais calçada nem qualquer outra coisa. Dou um passo atrás e meto o ombro na porta, que se desintegra. Uma poeira grossa paira no ar até baixar sobre os restos de madeira amontoados na porosidade do chão oco e sem consistência. Nada vejo dentro da casa, não há casais como chegou a haver outras vezes, não há mulheres seminuas deitadas sobre os sofás puídos, não há sofás nem escadas que levem para o andar superior, não há também um andar superior onde ficavam os quartos, os quartos para onde as mulheres carregavam seus fregueses noturnos e lá se entregavam a eles pelo tempo que eles desejassem ficar e pudessem pagar. Corro de um lado a outro da casa que não é mais casa, mas um amontoado de ruínas pendentes, quase caindo; não há teto, não há chão, não há paredes nem cortinas coloridas, não há a música que antes ali tocava, não há uísque nem nada para matar a sede. Procuro a saída e encontro outra porta que se desintegra e que dá para outra porta, várias portas que vou quebrando, desintegrando, abrindo como louco, amordaçado pelas palavras que tento gritar e não consigo, oprimido pelo labirinto concreto dos edifícios pesados e verticais.

Atrás da última porta caída sobre meus pés encontrarei um palco iluminado e uma mulher vestida de homem que sobe ao estrado de madeira.

Um sax dourado nas mãos, tocará uma música enquanto pousará sobre a mulher um imenso facho de luz da cor do sax, e ela continuará tocando até que outro facho de luz singrará o espaço e iluminará um piano e uma banheira dourada, cheia de espuma, onde se verá apenas a cabeça de outra mulher, com os cabelos levemente presos à nuca. Até essa mulher espichar languidamente a perna direita, acompanhando a nota mais prolongada dos primeiros acordes do blues; até ela erguer a outra perna; até ela erguer um braço, depois o outro; até ela executar um breve movimento com o corpo que ficará de frente para a platéia e depois novamente de perfil; até eu tirar o revólver do bolso e acomodá-lo pesado sobre as pernas, embaixo da mesa onde me sento — ninguém me verá, ninguém desconfiará, ninguém imaginará que estou ali para matá-la com um único tiro.

De perfil, a mulher começará a se erguer, vagarosa, transfigurada pela luz dos outros refletores que se acenderão sobre ela, o queixo erguido, olhos fixos num ponto não iluminado do palco; até esse momento ela será para mim um ser intangível como se estivesse ao volante de um carro, e eu, no acostamento, recebendo no rosto a luz entrecortada dos faróis cruzando em sentido contrário.

Ela sairá da banheira, o corpo coberto de espuma, o piano e o sax equilibrando-se nos acordes do blues, e com a lombada de uma navalha começará a se libertar, aos poucos, da espuma que tem sobre o corpo, ora em pé, ora deitada, dependendo da parte do corpo a ser descoberta, entregue aos movimentos exigidos pelo lento compasso da música.

Cada volta, cada reentrância, o mais obscuro ponto ela percorrerá à luz do refletor, em busca da minúscula e escondida bolha de espuma, até que outras cinco mulheres nuas subirão ao palco, em passos de dança, e a erguerão, inerte, para o alto de suas cabeças.

A mulher afastará as pernas e eu segurarei o revólver com as duas mãos; uma das cinco mulheres apanhará a navalha prateada das mãos dela e em curtos movimentos removerá o que ainda lhe restará de espuma sobre o corpo nu, deixando-lhe a descoberto o púbis depilado, liso e brilhante como o de uma estátua de mármore.

Enquanto seu sexo se abrir, apoiarei os cotovelos sobre a mesa, sem pressa, calmo como se despertasse de um sono tranqüilo — de um sonho que era bom, de um sonho de paz, de um sonho que não me escaparia da memória sempre que desejasse buscá-lo para recordá-lo, para lambê-lo, para esmiuçá-lo em todas as suas profundezas e extensões.

— Eu mato essa puta! — é o grito que me foge da garganta assim que faço a mira no meio das suas pernas douradas.

A primeira impressão é de que não é minha aquela voz odiosa e sem vida, e viro o rosto para ver de onde vem o grito e, então, desvio levemente a mira do alvo que preparava há pouco com tanto esmero e devotamento.

E ouço outro grito vindo da mesma direção que é a minha garganta, com o mesmo desespero, com o mesmo agastamento, com a mesma mágoa impregnada em todas as sílabas de cada palavra:

— Eu mato essa puta!

Apagam-se as luzes e não vejo mais nada do que antes via — o palco, o piano, o sax, as mulheres nuas sob o cintilar de cores e de luzes; apenas um tiro, outro, mais um, mais dois, e segue-se um ruído como se a cidade despencasse toda, um som descomunal que poderia ter sido o som de uma música ao máximo volume, abafando tudo, sufocando tudo, um ruído como deve ser o ruído de um imenso terremoto, as fendas da terra se abrindo, a boca da terra escancarada, a terra de dentes à mostra, faminta, com sede, voraz, sugando para dentro de si tudo que ali existe, engolindo, como um imenso redemoinho, um liquidificador que tritura, tudo que nela pesa, tudo que nela sufoca, tudo que nela se apóia.

Tento abrir caminho entre os escombros, mas sinto amarras a me prenderem as mãos. Cada movimento com o intuito de andar em frente é seguido de uma dor lancinante me estraçalhando os pulsos e os músculos fatigados dos mesmos pulsos.

E é aqui, enquanto me debato neste círculo infernal em busca de saída, que sinto o peso de uma mão me cair no ombro — mão que pode ser um sinal verdadeiro de vida, de outra vida entre estes detritos que não apenas a minha; mão que pode ser o sinal de que nem tudo se perdeu entre a minha memória e a cidade devorada. Talvez ainda perdure sobre meu ombro esta mão redentora quando eu abrir os olhos e procurar o rosto dessa criatura que se apóia em mim em hora tão apropriada. E o que vejo, abissal, vermelha, olhar de fogo, é a cara do delegado que acaba de prender com algemas de ferro os meus dois pulsos sangrados de tantas e tristes dores.

As portas do elevador se abrem e me esperam, curiosos, o porteiro novo, uma multidão de filhos-da-puta que moram no prédio, entre eles a filha do síndico, com a mesma cara de louca, e a desgraçada do 902, a me encarar como se fosse a única dona da cidade e do mundo.

— Quem diria? — diz ela, se benzendo. — Um assassino entre nós!

Ao vê-la, me lembro do ruído no andar de cima, todas as manhãs.

— Quem não gosta de barulho não empilha latas vazias atrás da porta — refuto, raivoso.

Ela olha para o delegado e diz, enquanto sou empurrado para o camburão estacionado em frente:

— Além de bandido, louco de atar num poste!

"Deixa", penso eu, enquanto o delegado bate a porta do camburão na minha cara. "Ela não perde por esperar."

E tudo começa a se diluir novamente dentro da minha cabeça, como os sonhos que se perdem nos obscuros rastros que deixam na memória, quando ela já não ajuda.

Pelo avesso

Aquela era a terceira manhã que pegava o homem morto, assim, sentado em sua cadeirinha forrada com uma pele de animal, do lado de fora da casa. Quase tocando-lhe os pés descalços, a luz do sol recuava lentamente à medida que a sombra se espichava, enviesada, amortalhando-o contra a argamassa fria da parede. Na boca aberta, a velha dentadura de dentes gastos e iguais pendia atravessada, quase caindo seca sobre o chão de terra batida. Os cabelos brancos e oleosos começariam a se empapar com uma mistura de gordura e sereno, o mesmo sereno que lhe daria um inquietante brilho nos dois olhos torcidos e vidrados.

A manhã retrocedia, o sol baixava lentamente rumo ao seu próprio nascedouro, até a noite se estender de todo, de um horizonte a outro. Transcorrido o tempo exato entre o pôr-do-sol e a aurora do mesmo dia, em sentido contrário, de trás para a frente, a escuridão e as primeiras estrelas do amanhecer foram, aos poucos, dando lugar às estrelas do anoitecer — depois, à tarde do dia anterior, tal qual uma manhã às avessas, como se a Terra, de súbito, decidisse inverter seu movimento de rotação. E ele já permanecia ali, sob a luz mortiça do crepúsculo, na mesma posição: a cabeça jogada para o lado, o rosto macerado e branco, os braços caídos, as pontas dos dedos quase encostando na calçada gasta de tijolos.

O dia foi andando ao inverso até o calor das três da tarde, quando o vento pára e os pássaros vão se refugiar entre os galhos das copas mais fechadas do abacateiro. Assim, o meio-dia anterior se repetiu e a seguir chegou a luminosidade cobreada do sol nascido há pouco. E na hora em que os sabiás-laranjeira começam a cantar, baixou de volta sobre o horizonte, como se o mundo girasse em sentido contrário, o segundo amanhecer dele ali, naquela posição, do lado de fora da casa, quase caindo da cadeira — a língua seca sob a inércia da dentadura postiça.

Ao se extinguir a seguinte tarde passada, seu coração talvez ainda batesse, embora sem ritmo, enquanto os raios solares se encarregavam de enxugar as últimas gotas de sal que lhe vertiam do corpo retorcido. Na manhã desse dia, que também recuava lento, qual uma serpente engolindo a si própria, ele havia erguido a cabeça pela última vez em direção à porta do estábulo, onde a mulher pendia enforcada na viga do jirau.

Ali ele passara a primeira noite, ainda vivo, mas quase sem se mexer, a confusão dos sentidos a lhe pesar nas entranhas, tantas vivências. Sua vigília teve início logo depois de começar a procurar a parceira, quando estivera no quarto, e lá estava, ao lado da cama, como se ainda esperasse por ela, um par de chinelos de pano. Antes havia passado pela cozinha, onde uma cebola recém-cortada jazia sobre a tábua de guisado. Foi então que ele se dirigiu para o lado de fora e a descobriu pendurada na viga do jirau, as pernas inchadas a balançarem lentamente para um lado e para o outro, um quase-pêndulo empenhado em medir o ritmo agonizante, mais que arrastado, das horas. Imobilizado na porta do estábulo, ele a observou por um longo tempo: ela, com a língua de fora, os pés descalços e os ralos cabelos brancos batidos pelo vento que vinha da janela lateral. Puxou seu banquinho de madeira para fora e se sentou de frente para ela, as costas contra a parede fria da casa, e ali ficou, ali se extinguiria, para sempre, até exalar o último calor de seu corpo amolecido.

Antes de ir procurá-la no quarto, ele estivera envolvido com o pasto para os bezerros. Dera de comer a eles e os prendera na parte de trás do estábulo — isso, quem sabe, no momento em que ela ainda se debatia sob a viga do jirau. Atravessou a porta da casa com seu passo curto e, da posição onde pendia a forca, se tivesse tido tempo, ela poderia tê-lo visto pelas costas no momento em que ele entrava na casa, imaginando encontrá-la no quarto, onde só veria a imobilidade de seus dois chinelos de pano ajeitados ao lado da cama.

Na hora em que ele saía para prender os bezerros, enquanto ela recolhia as cadeiras sob a sombra espichada do cinamomo, o motor da van atravessando a porteira da frente havia sido o último barulho estranho a ser ouvido ali... até o vazio da casa mergulhar num silêncio que não teria mais fim.

— Vê se não demoram tanto pra aparecer de novo — disse ela para os outros, quando eles embarcavam na van para ir embora.

Daquele momento para trás, até um pouco depois do almoço, haviam estado animados, conversando na sombra do cinamomo, enquanto as crianças jogavam bola contra a parede do estábulo. Vez por outra, ela se levantava e interrompia o jogo, insistente, e pedia a elas que não ficassem tanto ao relento — poderiam pegar uma insolação e ter febre à noite.

"Mariana! Esse sol está muito quente, venha para a sombra!"

Recuando do último abraço antes da van partir até a sobremesa, tomaram chá de erva-cidreira, comeram broas de milho, rosquinhas de polvilho, panelinhas de coco, conversaram e se divertiram como de costume nos dias em que os filhos e os netos vinham da cidade para visitá-los.

Durante o almoço, como sempre fazia, ela só se sentou no seu lugar à mesa depois que todos estavam servidos e comiam com apetite a comida que começara a preparar logo cedo, antes mesmo de a van atravessar o pórtico florido da entrada. A manhã estivera bonita e luminosa desde a primeira claridade do dia, quando caminharam os dois em direção ao estábulo para ordenhar as vacas. O barulho do motor surpreendeu-os conversando sobre o milho que terminava de granar na lavourinha dos fundos: ela esquentava a água para depenar a galinha e ele saía da despensa com um barrilete de vinho, o último da safra do ano anterior.

Foi ele o primeiro a correr assim que ouviram o barulho. A van estava parada em frente à casa, e todos desciam em meio ao alarido típico de um domingo azul no pampa. Na soleira da porta, sorrindo, ela enxugava as mãos no avental bordado, abrindo os braços em seguida — gesto que sempre repetia quando eles chegavam —, para gritar bem alto para que todos pudessem ouvir:

"Feliz Ano-Novo a todos vocês, meus filhos!"

E, quase correndo, caminhou até a van para abraçar Mariana e as outras crianças, que chegavam.

O inominado

Se não sou capaz de me lembrar como cheguei, nem desde quando estou aqui, não sei se morto, em pé, parado ou inválido, se apenas vejo-os agora, sem saber também como e quando vieram parar aqui, acho melhor ir falando de vez, à minha maneira, na forma que aprendi, não sei como, posto no lugar onde presumo sempre estive e de onde imagino que jamais sairei. Se não me recordo de nada disso é porque devo ser destituído de memória para me lembrar das coisas. Posso ver à minha volta, não uma volta inteira, talvez meia, um pouco menos, uma luz que, provavelmente devido a uma presumível convivência com eles, aprendi a chamar de *dia,* e um escuro a que chamo de *noite.* São duas situações em uma alternância que creio e observo infinita, apesar de precária. Tenho feito exercícios na ânsia de saber mais às minhas costas, região onde meus olhos não alcançam, mas o máximo a que consigo regredir não passa da noite ou do dia anterior no qual estou. Se é dia, lembro-me apenas da noite. Se é noite, lembro-me apenas do dia. Jamais consegui algo além do escuro quando é dia ou da claridade quando é noite. Desde onde minha memória alcança venho tentando gravar em minhas entranhas uma palavra-chave, uma imagem-chave, um barulho-chave, um cheiro-chave, bem no limite até onde posso ir, lá no estertor de minha lembrança, que seja capaz de me abrir espaço, e caminho para um período, breve que seja, posterior a este limite que observo e julgo exíguo e que se me tem apresentado inexorável e intransponível. Imagino que possa haver uma forma de amarrar nesse algo-chave algo compatível com meus sentidos, o início do período anterior à minha última lembrança, e a partir dele, talvez com um pequeno estalo, lembrar-me de um pouco mais para trás, de mais um dia, ou uma noite, talvez. Aí já serão dois períodos dos quais poderei me lembrar. Um dia e uma noite. Imagino que se eu conseguir forjar algum tipo de chave, lá na última fronteira onde minha memória alcança, poderei abrir uma porta, depois outra, através de outra chave que também terei deixado gravada no limite posterior àquele recém-aberto, depois outra, mais outra, e assim por diante, até eu conhecer tudo, sentir tudo, vislumbrar tudo, saber quando e como me plantei aqui, se estou deitado ou em pé, com fome ou com sede, se girando em torno deles ou eles girando em torno de mim. Agora é dia há algum tempo, e posso vê-los sentados em frente à porta, olhando para a água que cai desde o início da presente claridade. De onde estou, posso ver apenas duas paredes da casa, a que dá de frente para o horizonte que julgo existir às minhas costas, oposta ao lado onde nascem as primeiras claridades, e a parede do lado, onde há uma janela e uma porta através das quais vejo-os agora. São esses os dois únicos pontos por onde posso vislumbrar alguma coisa dentro da casa. Bem em frente à porta, à minha direita, está o estábulo. Na parede diante de mim há duas janelas grandes que estão abertas. Quando começaram as primeiras claridades, de dentro do estábulo eles retiraram alguns animais e os soltaram. Digo "retiraram" com toda a segurança porque esse fato ainda está dentro dos limites daquilo que ainda me é possível recordar. Vou dizê-lo antes da presente claridade se extinguir e dele eu não mais poder me lembrar: esses animais, eles os colocaram dentro do estábulo tão logo a última claridade do dia se apagou às minhas costas. Esta é a última imagem que guardo e se, naquele momento, eu tivesse dela feito uma chave, talvez pudesse abrir a porta que está a me separar do passado. Digo passado para aquele átimo de segundo anterior à imagem deles colocando os animais no estábulo, a partir da qual, para mim, tudo se apaga, e acredito existir apenas por intuição e um pouco de lógica. Se eu puder penetrar nesse mínimo espaço de tempo, um milionésimo de milionésimo de segundo, talvez consiga desbravar o resto. Eles continuam em frente à porta, olhando a água caindo na terra, no espaço sobre o qual minha visão alcança, que vai de uma ponta do mato de eucaliptos, nos fundos do estábulo, até a metade do pequeno lago por trás de um canto da casa. Se tive outrora uma visão mais ampla, não me recordo. Outrora, que digo, é a partir daquela fração de segundo após a minha última lembrança, datada, como já disse, do início da noite passada, quando eles prenderam os animais no estábulo. Pensando bem, se eles colocaram na noite anterior os animais no estábulo e hoje cedo os retiraram, é sinal de que devem fazê-lo todos os dias. Mas trata-se apenas de lógica, de um sinal, de um indício, e isso para mim nada significa. A água agora começa a cair com mais força, violenta, e,

≷ 63 ≷

mesmo vindo do lado oposto, eles são obrigados a fechar a porta. A água desce pesada, como se em algum lugar mais acima de nós estivesse presa toda a água do mundo e alguém acabasse de soltá-la para baixo, através de um único e potente gesto. Posso ver o rosto dos dois através da janela embaçada. Tenho a impressão de que a noite vai cair num instante, e chego a me preocupar, de certa forma. Se a noite vier no meio do dia, poderei ter minha memória reduzida, caso minha capacidade de lembrar dos fatos passados apenas tenha alguma coisa a ver com a presença ou a ausência da luz sobre a minha visão. Mas, assim como um manto escuro e denso parece ter baixado sobre o mundo de uma hora para outra, e a água continue precipitando-se sobre o chão ainda com mais força e poder, percebo que uma claridade começa a se aproximar, de um jeito muito lento, a partir das minhas costas. Em seguida, a água diminui e eles se movimentam para abrir novamente a porta. Agora, se quiserem, até podem sair. Formigas de asas surgem no meu campo de visão, e atrás delas alguns pássaros dão rasantes no intuito de capturá-las. Os dois se sentam na soleira da porta, e três cães que saem do estábulo vêm festejá-los. Ficam observando o vôo ligeiro dos pássaros atrás das formigas, até algo, atrás de mim, chamar a atenção, primeiro de um, depois do outro. Eles se levantam e olham para cá, na minha direção, como se estivessem preocupados comigo. Os cães avançam e perco-os de vista rapidamente. O homem sai rápido atrás dos cães, mas se mantém no meu campo de visão. Não demora, e no canto do estábulo surge um rapaz, caminhando devagar, com as roupas encharcadas pela água que acabou de cair. O homem vem ao encontro do rapaz, e a mulher fica na porta. Não sei por que o chamo de rapaz, mas é a primeira palavra brotada na memória, tão logo o vejo. Também não sei por que denomino homem este que agora conversa com aquele que chamo de rapaz, assim como não sei de onde tirei que a outra pessoa agora junto à porta deve ser chamada de mulher. Da mesma forma não imagino como aprendi todas estas palavras que agora brotam de mim, a reconhecer também os cães como tal, se em minha memória não havia qualquer registro da existência deles; nem mesmo sei se minhas palavras estão certas ou erradas, se eles antes, na hora da chuva, eram dois, e agora, quando começa a ressurgir o sol, passarão a ser três, se alguma coisa tem a ver com a outra, ou se tudo simplesmente acontece por acontecer. Certo apenas é que essas palavras eu as aprendi em algum lugar, de alguma forma, num determinado momento de minha existência, embora não me lembre, e digo-as, tentando preservar uma certa lógica que me parece ser a mais lógica, pois digo-as porque preciso dizê-las como sendo a forma mais razoável ao alcance do meu cérebro para combater a inércia que me ronda e me cerca, sem julgar se estou sendo apropriado ou não. O rapaz encharcado está no lado de fora da porta conversando com o homem. Enquanto isso, vejo a mulher passar em frente à janela em direção ao interior da casa. O homem apenas balança a cabeça, diz algumas escassas palavras e olha para o rapaz. Ele gesticula muito e aponta para algo abstrato, às minhas costas, lugar que não enxergo e nem mesmo tenho certeza se existe. Ficam assim por alguns instantes, a mulher reaparece em frente à janela e, em segundos, junta-se aos dois. Pára ao lado do homem e faz menção de entregar uma muda de roupas para o rapaz. Digo faz menção de entregar porque, quando ela estende o braço, o homem intercepta esse mesmo gesto, apanha as roupas e ele mesmo as entrega ao outro. Em seguida aponta para o estábulo, e o rapaz caminha para lá, com as roupas sob o braço molhado. Os dois somem no interior da casa, e fico à procura de algo para me ocupar a precariedade da existência, não sei se em pé ou deitado;

certo apenas é esta dor terrível nas costas, como se algo me trespassasse o corpo aos poucos, devagar, sem a mínima pressa. As formigas de asas começam a diminuir, e os pássaros precisam espichar o vôo se quiserem catar os últimos insetos que ainda pairam no ar. No pequeno pedaço de céu onde minha visão alcança, ainda há algumas nuvens escuras, mas às minhas costas o sol parece estar totalmente desimpedido: sua luz é forte e se reflete no solo e nos restos de água empoçada nos recônditos do chão. O homem surge na porta e caminha até o estábulo, talvez para conversar com o rapaz. Imagino a mulher dentro de casa, a não ser que haja uma porta na parede de trás e por lá ela tenha saído e caminhe agora num espaço que me imponho denominar, a partir de meu ponto de vista, obscuro ou oculto. O homem abre as duas janelas do estábulo para o sol entrar. Os pássaros conseguiram interceptar todas as formigas de asas e agora pousam no solo à cata de alguma que se perdeu no vôo sobre as poças d'água espalhadas no terreiro. A mulher está em frente à porta, com atitude de quem espreita algo estranho ao seu quotidiano. Vejo apenas a metade de seu corpo, e ela olha em direção ao estábulo. Através de uma janela, observo o homem e o rapaz conversando. Eles somem para um ponto obscuro, mas a mulher continua no mesmo lugar, talvez um pouco mais recuada. Não há mais o que catar, e os pássaros levantam vôo e desaparecem. O rapaz vem até a janela e estende no parapeito as roupas molhadas sob a claridade do sol. Súbito, a mulher recua para trás da porta. Vê o homem saindo do estábulo e caminhar em sua direção, enquanto o rapaz termina de arrumar as roupas molhadas. O homem atravessa o espaço oferecido pela porta entreaberta; vejo-os, ele e a mulher, sumirem depois de passarem em frente à janela. O rapaz está parado na porta do estábulo e cuida o movimento da casa. Uma formiga de asas que escapou da atenção dos pássaros se debate numa poça d'água. O rapaz some tão logo vê o homem voltando. A mulher passa em frente à janela, mas não aparece na porta. Talvez tenha ido para outra peça. Antes de entrar no estábulo, o homem arruma na cintura uma faca que traz na mão e reflete a luz do sol como se fosse um espelho. O rapaz cruza rapidamente em frente à segunda janela ao mesmo tempo em que vejo o homem passar, também rápido, pela primeira. A mulher sai da casa, quase correndo, com uma bacia amarela na mão. Entra no estábulo e, por alguns instantes, não observo qualquer movimento. Um pássaro passa voando baixo, mas não vê a formiga de asas que ainda se debate sobre a poça d'água. Dois cães acompanharam a mulher quando ela entrou no estábulo. O outro, sentado, fica observando o movimento através da porta aberta. Até que o homem e o rapaz reaparecem segurando um animal, e este se debate tentando escapar. Enquanto esperneia, eles o penduram por uma perna na árvore à minha direita. O rapaz abraça-se ao animal para segurá-lo e aliviar o peso, até o homem conseguir amarrá-lo no galho mais baixo. Abraçada à bacia amarela, a mulher observa-os. O homem pula da árvore, saca a faca da cintura e corta o pescoço do animal. A mulher corre com a bacia para aparar o sangue. Para evitar que o jorro escorra fora, o rapaz e o homem seguram o animal pelas patas e não deixam ele se debater. Como se estivessem na expectativa de um desfecho de seu interesse a qualquer momento, os três cães observam a cena, sentados na grama molhada. Tão logo o sangue pára de escorrer, a mulher recolhe a bacia e vai para dentro da casa. O homem, com a ponta da faca, corta a pele do animal em sentido vertical, pela barriga, de fora a fora, do queixo ao início da cauda. Depois faz o mesmo nas patas e pernas, e começa a retirar a pele. O rapaz segura firme o animal para evitar que ele rode em torno de si mesmo. Retirada, a pele é jogada sobre a grama, a parte interna para cima. Com um traçado firme de faca, o homem abre a barriga do animal, um corte de cima a baixo, e puxa as vísceras, jogando-as no chão. Os cães avançam e arrancam cada um o seu pedaço, e desaparecem às minhas costas. A mulher volta com outra bacia, e o homem vai esquartejando o animal, esquartejando e entregando as partes para a mulher e o rapaz. Os dois, às vezes, se olham às costas do homem, enquanto ele trabalha. Por fim, fica pendurada na corda apenas uma pata, que a seguir vai também para dentro da casa, junto das outras partes que o rapaz e a mulher foram carregando tão logo lhes eram entregues. O rapaz e a mulher trocam um último olhar, sempre às costas do homem, antes de sumirem, os três, no interior da casa. Os cães voltam e se servem de mais entranhas. O rapaz sai da casa e vai para o estábulo. Por um período que julgo extenso, fico sem observar qualquer movimento, a não ser o dos cães comendo as vísceras sobre a grama. O rapaz está junto à janela e apalpa as roupas estendidas ao sol para secar. Retorna para o interior do estábulo, e sou obrigado a continuar revolvendo a memória, como sempre faço, na hora em que o mundo pára de rodar logo ali na frente. É este o meu medo: de que a inércia das coisas que me cercam se propague e atinja também a mim, e que esta dor terrível nas costas, no corpo, na cabeça aumente e se torne insuportável a ponto de me apagar todo de uma única vez. Conduzo a visão de uma ponta à outra, em sentido vertical e horizontal, e o único movimento visível é o da formiga de asas ainda se debatendo sobre a poça d'água. O homem sai da casa e entra no estábulo. O rapaz vem até a janela e retira as roupas que já devem estar secas. Saem os dois, e observo uma lenta escuridão avançando sobre a paisagem. Perco-os de vista depois de alguns passos, e a mulher aparece na porta enxugando as mãos no avental branco. Vai ao interior da casa várias vezes, e volta, sempre olhando para a direção aonde foram os dois. Já escuro, eles retornam com os animais e os prendem no estábulo. Sinto que, com a alteração da claridade, um determinado período de tempo acaba de se apagar na minha memória. Minha última lembrança agora é de quando eles soltaram os animais para o campo assim que as primeiras claridades do dia surgiram no horizonte. O homem volta para dentro de casa, o rapaz permanece no estábulo. Se no início do dia eles tiraram os animais do estábulo, é sinal de que os haviam prendido no dia anterior. Há uma coerência, uma relação de causa e efeito aí indo além da minha memória, que extrapola aquele curto período ao qual já me referi. Não me recordo se eles prenderam os animais antes. Só me recordo de que eles os retiraram do estábulo hoje, na hora das primeiras claridades. E, se assim o fizeram, é porque lá os haviam prendido antes, provavelmente no início da noite, da mesma forma como estão fazendo agora. Está aí! Mas, pensando bem, não posso me regozijar. Isso é apenas lógica, não memória. E minha luta não é pela lógica, mas pela memória. Quem sabe eu não esteja fazendo este mesmo raciocínio todos os inícios de noite, quando eles prendem os animais no estábulo? A mulher sai da casa com um prato de comida na mão. Na metade do caminho, entre o estábulo e a casa, o homem a alcança, quase correndo. Arranca o prato das mãos dela e espera. Só depois de ela retornar para a casa é que ele percorre a outra metade do caminho para chegar ao estábulo. Abre a porta e entra, o prato de comida na mão. O homem volta, carregando as roupas que eles haviam emprestado ao rapaz. A mulher aguarda na entrada. Os dois desaparecem dentro de casa, e tudo se fecha no escuro da memória. Assim como a casa, o estábulo é trancado e se torna sombrio. E segue a minha sina de pensar, exercitar a memória para evitar que tudo se apague. Nem sei mesmo se existiu alguma coisa antes da última lembrança que tenho. E se, na verdade, o início de tudo ocorreu mesmo no último dia passado, no momento em que eles retiravam os animais do estábulo. É bem possível. Se me recordo apenas de um dia, se este escuro atual é para mim uma grande novidade, tudo deve estar começando agora. Mas nada há de concreto para uma conclusão verdadeira. Tenho em mãos apenas o meu raciocínio, um pouco de lógica, a minha intuição e esta dor abominável atravessando-me a rigidez do corpo cansado, como se ferros imensos e pontudos se cravassem nas minhas costas. Eu me lembro de que durante o dia me recordava de algo referente a um período anterior. Por isso é bom insistir. A mulher abriu a porta e se dirige ao estábulo. Agora volta. Foi até lá para se certificar de que a porta estava realmente fechada. Segura a maçaneta e força-a para dentro com o ombro. Caminha novamente e, antes de entrar no estábulo, ainda dá uma última olhadela para trás. Um dos cães a segue, enquanto os outros dois ficam deitados do lado de fora. E tudo fica parado novamente, e aqui estou, outra vez, procurando algo para me ocupar. No escuro o medo se multiplica, o medo da inércia, da dor, de que eu não suporte mais esta punhalada a me trespassar o corpo, e isso tudo se torne ainda maior, simplesmente cresça de tamanho e peso. Não lembro de ter tido, durante o dia, tanto medo assim. A poça d'água onde antes se debatia a formiga de asas está praticamente seca. Não a vejo, mas não tenho dúvidas sobre sua morte postergada. Gostaria que não demorasse muito para clarear novamente. Embora cada período passado seja um pouco de minha memória sendo apagada, essa ausência de movimento me desgasta por inteiro: a única atitude possível, e da qual me ocupo sem trégua, é movimentar o pensamento de um lado a outro, em todos os sentidos, para evitar o fim. Noto réstias de luz entre as frestas da janela da casa. Enfim, é alguma coisa se mexendo nesta escuridão inominável. Os dois cães levantam as orelhas. A pequena claridade vinda inicialmente das frestas da janela agora vai se esvaecendo, a porta se abre e, desenhado pela luz do lampião sob os marcos de madeira, aparece o corpo do homem, de frente para o estábulo. Com um único sopro ele apaga a chama, posso observá-lo levando a mão à cintura para desembainhar a faca que, durante o dia, usara para esquartejar o animal então pendurado na árvore. Dentro do estábulo estão o rapaz e a mulher, pois eu a vi, há pouco, caminhando para lá, sob o olhar curioso dos cães. O homem faz rápido o percurso entre uma porta e outra. Os dois cães o seguem a trotes. Mas quando ele cruza a porta do estábulo, ainda aberta desde a entrada da mulher, um vulto, que logo identifico como sendo dela, surge do outro lado, por trás, e entra correndo de volta à casa. Tudo fica parado outra vez, e vou à procura da poça d'água na tentativa de encontrar a formiga de asas ainda com vida. Há uma luz prateada, fosca, esbranquiçada, deitando sobre a paisagem inútil da noite. Um dos cães também surge do escuro e se senta no terreiro, com as orelhas em pé. A primeira janela do estábulo se abre e vejo o rosto de prata do homem bem à minha frente, olhando na direção das minhas costas, onde a minha visão não alcança. Volta-se para dentro, e logo o perco de vista. Na porta da casa, apoiada pela luz espectral de uma prata que brilha, está o vulto da mulher. Espreita, o rosto voltado direto para o estábulo, de onde o homem agora sai, com sua faca luminosa na mão. Ela imediatamente desaparece da porta — da porta por onde ele entra, quase correndo. Fico com a impressão de que ele se choca em algo vindo em sentido contrário e cai. Seus pés descalços ficam para fora, com os dez dedos para baixo, pressionados junto ao solo pelo próprio peso. Vejo tudo estático, em gelo coberto, sem ações de luz ou sombra; de movimento, apenas a luz de prata sendo outra vez engolida pela penumbra da noite. Terrível e interminável noite, sem água, sem gosto, sem tato, sem formigas voadoras, sem... sem... sem... Agora, a mulher outra vez na paisagem: corre para o estábulo onde ficara o rapaz. No horizonte, ao longe, aparecem as primeiras claridades do dia. Um cão espicha o focinho e lambe os pés do homem no meio da porta. À medida que a claridade aumenta, vejo, com mais nitidez, através da janela, que o homem deixou à mostra, a mão e parte do braço do rapaz pendendo de algum lugar, de onde presumo esteja o resto de seu corpo, talvez em cima de uma cama ou de uma mesa. Não vejo mais nenhum movimento da mulher. Os pés do homem lá estão, no mesmo lugar, assim como a mão e parte do braço do rapaz, no interior do estábulo, pendendo em direção ao solo. O único movimento passível de observação para mim, lá dentro, é o dos animais presos na noite anterior, que se debatem de um lado a outro. Posso vê-los através da janela: às vezes roçam na mão do rapaz, que balança, até ficar inerte novamente. Não vejo sinais da mulher que vi entrar após o homem cair com os pés descalços para fora da casa. Os animais continuam inquietos tentando sair, os cães dormem na sombra da casa, agora sem se importar com a movimentação incessante dentro do estábulo. Ainda bem que há os animais a se debaterem e a presença dos cães, ora dormindo, ora circulando pelo terreiro. Um dos animais descobre a porta que a mulher não se preocupou em fechar quando lá entrara, à noite, e sai. Depois outro, depois outro e, por fim, todos saem. Os cães desapareceram do meu campo de visão, e tudo se torna estático, parado até a raiz. A casa, o estábulo, a ponta do pequeno lago, os eucaliptos, o horizonte, os pés do homem na porta, a mão e o pedaço de braço do rapaz atrás da janela, e a mulher que não aparece. Nenhum movimento. Lembro-me de que, durante a noite, ajudou-me a passar o tempo a lembrança de uma formiga de asas dentro de uma poça d'água, que chegou ali não imagino como, certamente durante um período de tempo já apagado para sempre do cosmos. Começa a escurecer, e um dos cães cruza, a trote, de uma ponta a outra, o meu espaço de visão. A noite baixa com rapidez e, não demora, fica tudo escuro. Lembro-me de que dentro do estábulo há a mão e um pedaço de braço de um rapaz pendendo de algum lugar. Na porta da casa, dois pés estão próximos da porta, onde um cão, volta e meia, passa para lambê-los. Lembro-me de ter-me lembrado, durante o dia, da existência de uma mulher que havia entrado no estábulo, por algum motivo. Minha lembrança, agora, limita-se apenas à palavra — não tenho a menor idéia do que, na prática, signifique uma mulher, um homem, um rapaz, uma faca. Se não sou capaz de me recordar como cheguei, nem desde quando estou aqui; se apenas vejo-os agora, sem saber também como e quando vieram parar aqui, acho melhor ir falando de vez, à minha maneira, da forma que aprendi, não sei como, posto no lugar onde presumo sempre estive e de onde imagino que jamais sairei. Certo apenas é que essas palavras eu as aprendi em algum lugar, de alguma forma, num determinado momento de minha existência, embora não me lembre, e digo-as tentando preservar uma certa lógica que me parece ser a mais lógica, pois digo-as porque preciso dizê-las, como sendo a forma mais razoável ao alcance do cérebro para combater a inércia que me ronda e me cerca, sem julgar se estou sendo apropriado ou não. Outro cão aparece no meio da noite, e até ele se deitar no terreiro e dormir, ocupo-me a de seu movimento para exercitar também minha capacidade de movimentar o pensamento e, dessa forma, somente dessa forma, evitar que tudo se apague dentro das muitas entranhas de meu cérebro reduzido, ou que tudo se multiplique infinitamente e eu não suporte mais a dor, essa dor terrível nas costas e no corpo todo, que me trespassa o espírito, o cérebro, o coração, tudo, que comprime meu ventre e minha memória, e me impede de recordar de como vim parar aqui neste mundo, neste mundo assim, exatamente assim.

Entre espelhos e sombras

"O barulho do telefone me tira desse estranho pesadelo, ainda que tenha lido não sei onde que um sonho que nos parece longo pode se inscrever em uma duração real muito curta; por exemplo, em três batidas na porta do quarto ou, justamente, num toque de telefone."

François Truffaut, em O Homem que Amava as Mulheres

*n*ão imagino o que o homem possa estar querendo quando enfia o rosto na minha janela aberta. Ele ergue o braço e vejo que segura um revólver na mão direita e que tem dificuldade em se manter naquela posição. Falta-lhe apoio para os pés, pelo lado de fora do peitoril da janela. Então o homem atira e a bala acerta o espelho ao meu lado, e um cheiro de pólvora queimada infesta rapidamente o ar da sala — o homem ainda se esforçando para se manter naquela posição, apoiado apenas nos cotovelos sobre o parapeito da janela.

É o primeiro tiro.

Depois ele cai na calçada e ouço o barulho de seus pés batendo no chão, mas não saio do lugar, perplexo, e temo que ele, se realmente quer me matar, faça uma nova investida e dispare um segundo tiro, e, desta vez, não erre o alvo como antes.

Vi Delphine pela primeira vez através do espelho. Ela se multiplicava dentro dos pequenos triângulos que se formaram a partir do tiro que o homem, do lado de fora da janela, deu, acho que imaginando ser eu a imagem ali refletida. Ele devia estar bêbado ou acometido de algum tipo de loucura. Não pela impropriedade de ter confundido a imagem do espelho com a minha imagem verdadeira, ou vice-versa. Ele não devia estar em seu estado normal pelo fato de que, até este momento, não apareceu ninguém reivindicando qualquer motivo para me tirar a vida. Sei apenas que o tiro era para mim. Não havia como me confundir com outra pessoa, mesmo através de uma imagem refletida. Já havia observado antes, ao andar na rua, que, de uma parte da calçada oposta, podia-se ver, através do espelho, o lugar onde eu costumava ficar em frente à escrivaninha, onde eu gastava meus dias, no andar térreo do prédio. Da mesma forma, daquela posição, na escrivaninha, eu podia ver até a estação de trem, não muito distante, num plano levemente mais alto em relação ao andar em que eu moro. Foi assim que vi Delphine pela primeira vez. Primeiro se multiplicando no interior dos triângulos quebrados, depois sendo uma só, à medida que se aproximava e sua silhueta se enquadrava na parte intacta do espelho.

Delphine é o nome de uma personagem de Truffaut, foi o que pensei quando ela se apresentou, livros e cadernos presos pelo antebraço junto à cintura. Se quisesse, e algum motivo especial houvesse para isso, poderia extrair de Delphine algum outro indício de origem francesa — uma pronúncia rascante do erre, a pele clara, as faces levemente rosadas, a cabeça pequena plantada no interior da gola pesada de um sobretudo cinza. Foi isso o que pensei, na possível origem francesa de Delphine, na possibilidade de Delphine ter saído das páginas de um romance ou de um filme, quando a vi caminhando através do espelho perfurado por uma bala de revólver: "As pernas das mulheres são compassos que percorrem o globo terrestre em todos os sentidos, dando-lhe equilíbrio e harmonia." Acho que minha Delphine, a Delphine que agora se postava à minha frente como se quisesse se mostrar a um diretor de cinema na expectativa de conseguir o papel principal do filme, borrifada pela luz amarela vinda de fora, um cachecol de lã no pescoço; essa mesma Delphine tinha tudo para ser uma personagem de Truffaut, se quisesse.

E eu estava diante dela, eu podia ver seu rosto de frente, a distância entre seus olhos, a extensão de seu nariz, a comissura dos lábios, a luz dourada dos cabelos sobre as ombreiras do cardigã. A boca muito próxima de mim, principalmente a boca, talvez quente apesar do frio recente que encontrara ao caminhar pela rua. Delphine também estava para mim da mesma forma que eu estivera para o homem quando ele tentou me matar. Eu podia vê-la de perfil se olhasse na direção do espelho, ou multiplicada por muitas outras Delphines se baixasse um pouco a cabeça para enquadrá-la na parte estilhaçada.

Donana vem me avisar que uma garota está à porta querendo falar comigo. Imagino quem pode ser. O trem parou na estação e de dentro dele saiu a menina de sobretudo cinza, cachecol de lã, livros e cadernos junto ao peito. Como se retrocedesse ao nascimento de um quasar, a milhões de anos-luz de distância, consigo entender o aparecimento dela, a presença dela, agora quando a vejo andar no saguão da estação. Ela salta do trem e caminha, multiplicada pelas partes quebradas do espelho. Sei que se trata da garota que se apresentou como Delphine, porque ela aqui esteve antes mesmo de dar o primeiro passo na minha direção, antes de entrar no trem, antes de caminhar pela calçada que a levou até a estação, antes de sair à rua, antes de ter entrado em casa na noite anterior, antes, antes... antes de tudo ela já havia estado aqui.

Primeiro a vi muito próxima dos meus olhos, a dois passos de mim, daqui onde estou, daqui onde não saio há séculos. Depois é que a vi chegar na estação como se fosse uma imagem retardatária e desmembrada do tempo. Olho para o espelho e é isso mesmo: Delphine teria se apresentado a mim antes da imagem dela chegando à estação, antes de quando saltava do trem para caminhar em direção à minha casa com seus passos harmônicos sobre a rua de paralelepípedos rosados. A seqüência natural do tempo parecia alterada diante do olhar de Delphine, diante do sobretudo cinza que ela acabava de jogar sobre a guarda de uma cadeira. O tempo de Delphine agora é anterior ao tempo de Delphine saltando do trem, apesar de uma suposta lógica indicar que ela, primeiro, precisaria ter saltado do trem para depois chegar até onde estou. Por isso, quando Delphine desembarcou na estação, eu já sabia seu nome; sua imagem havia chegado antes e já havíamos conversado uma tarde inteira sobre um dos livros que ela trazia junto ao peito, igual a uma colegial qualquer matando aula, escondida dos pais.

— O homem que atirou em você vai atirar novamente — disse-me ela.

— Por quê? — perguntei.

— Nem sempre, durante os nossos encontros, você vai saber de tudo. Agora, por exemplo, você não sabe. Estamos num fragmento de tempo anterior a alguns fatos que lhe permitiriam saber.

Delphine abriu um dos livros que trazia consigo.

— O tiro no espelho é o início do desfecho. Houve uma ruptura relativa às ações do mundo à sua volta. Nessa pequena fissura que se abriu entre o primeiro tiro e o outro que virá, entre o início e o desfecho, está o transcurso do meu e do seu tempo. Além disso, os nossos tempos correm desconexos, e desconexos deverão correr até o segundo tiro que virá.

Delphine mantém os olhos na direção da janela, e imagino que ela se diverte com a minha cara de perplexidade. Como se a sua única intenção fosse me enlouquecer.

Além do mais, há um cheiro intenso de pólvora queimada no ar, que não imagino de onde vem.

Caminhamos para a montanha, o extenso verde da relva acolhe o ar fresco da tarde, falta-me o peso do corpo, faltam-me as dores que pesam cada vez mais com o passar dos séculos sobre meus ombros, minha cabeça, meu ventre e especialmente sobre o raquitismo das minhas pernas fragilizadas. Eu não seria capaz de imaginar como vim parar aqui neste palco vivo de um pintor naturalista. Há um corte no meio da paisagem e consigo ver apenas o lado de cá, a parte posterior a esse corte, um corte vertical que vai do solo ondulado da montanha à última nuvem branca sobre nossas cabeças, da minha cabeça e da cabeça de Delphine, como se tudo ali fosse um cenário, um grande cenário montado à nossa frente, um cenário que ia do solo ao azul-amarelado do céu.

— Você já imaginou como seria o desenvolvimento de uma cena de trás para a frente, como se o tempo dessa cena estivesse andando em sentido contrário?

Respondo que não, jamais havia imaginado isso. Mas pouco me preocupo com a pergunta e seus possíveis sentidos, pois quero mesmo é ocupar o raciocínio apenas com a imagem de Delphine no lugar onde está; não me preocupa outra coisa que não a atitude passiva de observá-la sobreposta à paisagem iluminada pela luz escorrida da tarde.

Delphine continua, estalando os dedos, como se preparasse uma mágica de difícil execução:

— Imagine, então, que a Terra, agora, vai parar de girar subitamente.

Olho para o rosto de Delphine, e não há tempo nem espaço para pensar que é isso o que realmente desejo, aqui onde estou, diante do traçado meio oblíquo de seus olhos perscrutadores e rutilantes.

— A cena de um homem morto sentado ao lado de uma casa verde se congela momentaneamente. A seguir começa a andar para trás, como se a terra e o tempo passassem a girar em sentido contrário.

Delphine abre um caderno, quase desproporcional em relação ao seu tamanho, e lê, como se lesse para a paisagem e não para mim — eu, sentado no chão, e ela, de bruços, os joelhos um pouco dobrados, os cotovelos e as coxas a apoiar o restante do corpo estendido sobre a grama iluminada.

É possível que tudo um dia ainda se apague dentro de mim. Impossível esquecer, no entanto, o poder de Delphine para me convencer sobre a verdade das histórias que me conta, mesmo as histórias dos tempos desencontrados ou aquelas cujo início está no final e cujo final é transposto para o início, de imagens retrocedidas, de serpentes que engolem a si mesmas.

Tenho a impressão de que alguém pretende me matar, penso nisso com freqüência, mas não posso imaginar algum motivo para alguém querer dar cabo da minha vida sem ao menos me explicar a razão. Delphine, certa vez, teria dito que o homem que atirou na minha imagem refletida no espelho voltaria para atirar novamente. Outro dia, Delphine teria me falado de trens desencontrados, de imagens que assumem nossa identidade na convivência com a vida real de outras pessoas, fazendo-me crer — Delphine tem o dom de me fazer acreditar em tudo —, fazendo-me crer que somos vários vivendo por aí, na vida dos outros, e os outros, por sua vez, também são vários vivendo no interior de nossas vidas.

Eu sabia que naquela manhã o tempo iria mudar, e ela viria com a chuva tão logo começasse a chover. Lembro-me de ter visto Delphine pelo espelho, chegando numa tarde molhada, de muita água, uma gabardine cinza até os tornozelos, escorrendo chuva pelos ombros, pelas costas, como se a sua capa fosse a vidraça de uma janela que não segura as gotas mais pesadas, frágil vidraça destituída de forças para se insurgir contra a gravidade da Terra, deixando a chuva escorregar, sinuosa, em pequenos córregos agarrados, nesse caso, ao vidro.

Não sei se consigo me fazer entender como Delphine se faz entender a mim, mas Delphine sempre chegava antes de chegar. Ou seja: quando ela vinha, já havia estado aqui antes, e eu já sabia tudo que iríamos conversar. Por isso estremeci quando Donana anunciou a sua chegada, logo ao início da tarde. Eu já sabia tudo que iria acontecer entre nós naquela tarde de chuva. Por isso estremeci, tenso e passível, na minha capacidade de estremecimento tanto para as situações de surpresa quanto para algo já esperado. Além do dom para me convencer sobre qualquer bobagem, como as bobagens dos espelhos, dos trens desencontrados e das histórias que se desenrolam de trás para a frente, Delphine tinha o poder de me eletrocutar a alma diante de algo já conhecido, estupefaciado frente a fatos a serem encarados como não mais que uma mera repetição.

Essa perturbação toda eu não queria que existisse. Eu queria, mesmo, era achar Delphine um monstro. Isso, um monstro, uma quimera feita do lixo de todas as cidades e de todos os mundos possíveis e não-possíveis. Eu queria odiar essas imagens refletidas em minha retina, que me vergastam os olhos e a alma, entre elas, e principalmente, Delphine e seu olhar de pássaro fugidio. Eu queria, mesmo, era achá-las monstruosas, horríveis; achá-las assim como as vejo é morrer um pouco a cada segundo; melhor seria detestá-las, mas como? Delphine está aqui, a um passo de mim, e eu, em sã consciência, deveria odiá-la, reservar a ela todo o ódio do cosmos, todo o ódio acumulado nas entranhas do tempo e do espaço, vertical, horizontal, oblíquo, tempo e espaço que nos distanciam e nos aproximam uns dos outros à nossa revelia. Eu queria mesmo era achar monstruoso todo esse cintilar de sombras que me perturbam a alma neste momento em que a paz seria o mais apropriado a quem não resta mais tempo, mesmo que Delphine, a cada visita, consiga provar a existência de um tempo correndo diferente do nosso, em linha reta, como estamos acostumados a senti-lo passar.

Delphine abre o caderno que carrega sempre consigo, um caderno grande, de espirais, para ler o que ali está escrito, escrito talvez por ela, talvez copiado de algum lugar, da cabeça de outra pessoa. Mas isso não é o que importa, interessa-me apenas que Delphine está aqui, e aqui abre o caderno, o rosto suave e ainda borrifado de chuva, e lê, para mim, as palavras e frases captadas por seu olhar de pássaro:

"Aqui, antes, havia o compasso de uma música. Aqui, antes, havia o som de uma música; tenho certeza de que aqui, antes, havia o som de uma música suave, não um som terrível e estridente como este; era o som de uma música que eu gostava de ouvir, ouvir todas as manhãs, todas as tardes, todas as noites, todos os segundos, todos os minutos, todas as horas, todos os dias da minha vida.

"O homem que sangra pela boca, pelos lábios, pelo nariz, como se em seu rosto acabasse de receber sucessivas pancadas, esforça-se para se levantar, e depois, diante da inutilidade do esforço, grita novamente para o vazio:

"— Aqui, antes, havia o compasso de uma música.

"Bate nas pernas com as mãos abertas, como para tirar o pó que talvez julgue existir em sua roupa, e olha para o céu, olha em volta, olha para si mesmo, para a camisa borrifada de sangue ressecado, olha para as mãos grossas e pesadas na extremidade dos dois braços secos e escamados.

"Deve ter passado muito tempo, um tempo infinito e intenso — a casa é como se não existisse, as paredes estão pretas e suponho que um único sopro meu, por mais fraco que me sinta, seja suficiente para ela virar pó, para tudo virar pó, para tudo se desintegrar, também o ar, também as pedras soltas que dificultam os passos, também os restos de sol iluminando quase nada, restos que parecem morrer lentamente no fundo dos meus olhos ásperos, ardidos.

≋ 83 ≋

"O homem consegue finalmente se firmar nas duas pernas, caminha trôpego em direção à casa, e ela realmente vira pó — uma grande nuvem de poeira se ergue na direção do céu e depois baixa lentamente para o solo desfocado e poroso —, a casa realmente vira pó no momento exato em que ele estende os nervos paralisados da mão com o intuito de abrir a porta.

"Havia uma estradinha aqui que dava para a porteira, que dava para a estrada maior, que dava para mais adiante, para algum lugar mais longínquo, talvez para o sobrado branco, onde ela me disse que morava um tio, pai da prima que vinha todos os anos passar as férias com ela aqui; prima que vi uma única vez — a pele crua igual a dela, lisa igual a dela, parelha igual a dela.

"Havia o compasso de uma música, sim. Sempre houve aqui o compasso de uma música rondando a casa que virou pó.

"Havia uma estradinha, sim. Sempre houve aqui um caminho por onde se saía e se chegava à casa que virou pó.

"Havia um horizonte logo ali adiante, sim. Sempre houve aqui um horizonte imenso onde se podia mergulhar os olhos cansados, de onde se podia, com um simples olhar, chegar antes em casa, nos dias de regresso e de muita saudade.

"Havia muita coisa aqui, sim. Não posso estar louco, não posso ter imaginado tudo, não pode ter sido um sonho, o sonho que fugiu, o sonho interrompido, o sonho que se embrenha nos veios mais escondidos das entranhas do cérebro vergastado.

"Havia ela, havia o riacho que corria no meio do mato dos fundos, e havia, acima de tudo, a ânsia da espera à beira desse riacho, havia a visão dela chegando apressada, havia o cheiro dela tirando o ar de respirar, havia um relógio marcando as horas no escoar lento da água comprida sobre a terra abaixo.

"Havia tudo isso, sim.

"Havia até mesmo, muito longe daqui, um sobrado branco, onde morava um tio, pai da prima, que vinha todos os anos passar as férias com ela.

"Havia um sobrado branco, sim. Ela me disse. Nunca o vi, mas havia um sobrado branco, com uma janela que dava para a estrada, que era a do quarto da prima, que era onde ela dormia quando passava por ali, no verão, acho que a caminho do outro lado do mundo, pois demorava tanto, que eu até chegava a pensar que nunca mais iria ouvi-la, que jamais iria vê-la se banhar na água tépida do riacho, sob o compasso da música aqui antes havida. Mas ela sempre acabava voltando depois de uma soma eterna de infindáveis dias, de infindáveis esperas, de infindáveis medos.

"Havia tudo isso, e não entendo por que não há mais nada, nenhum sinal, nenhum vestígio, nenhum som perdido da música, nenhum pedaço de horizonte, nenhum centímetro da estradinha que dava para a porteira, nenhuma gota do riacho correndo nas brechas molhadas da terra. Havia um sonho, um sonho interrompido por uma voz pastosa, uma voz triste e fria que nunca devia ter existido. E eu, a parte mais cansada e doente, sobrevivo a tudo, caminhando paralisado já não sei há quanto tempo, vendo virar pó tudo que penso que ainda existe, vendo tudo se desintegrar diante do meu mais cuidadoso e lento aproximar.

"Havia alguma coisa entre um passo e outro que dou nesta caminhada absurda, nesta terra deserta, neste silêncio fechado. Caminho e caminho, e nada há diante da aspereza dos meus olhos. Se me volto para trás, o que vejo não é mais a mesma paisagem que via quando olhava de frente. Então, viro-me na tentativa de ver o que aconteceu, e tudo já está diferente outra vez, tudo não é mais como antes, tudo não é mais como devia ser. Volto-me à direção anterior e a paisagem já me parece outra. Não há mais noite nem dia, nem manhã nem tarde, e o jeito é não me voltar mais para trás, é caminhar sempre em frente, é erguer os olhos apenas até a altura da cabeça. O jeito é evitar da única maneira possível essa tristeza lancinante que tem se acercado dos meus olhos secos e escamados ao longo dos tempos e dos anos.

"Havia muita coisa sobre a aridez desta terra, sim.

"Havia gente, animais, estradas e casas. Eram poucas as casas, mas elas existiam. E havia um sobrado que não conheci. Ela contou-me, e por isso, por nada mais além de suas palavras, acredito que existia mesmo — assim como ali está, assim como ali o vislumbro, assim como ali o pressinto, todo branco, com uma janela para a estrada que já não é mais uma estrada, que não leva mais a lugar nenhum, a destino nenhum.

"Então é preciso cuidado, é preciso conter os movimentos do corpo, é preciso não mexer com o ar para que o sobrado branco também não se transforme em pó como todas as outras coisas que existiam aqui.

"Paralisado, vejo a nudez de um braço através da janela aberta, que ergue alguma coisa, uma peça de roupa, um chapéu, um objeto qualquer na parede. E desaparece, o braço. O braço desaparece na transparência da janela aberta, da mesma forma que desapareceu o compasso da música que havia aqui, da mesma forma que se desintegraram todas as coisas antes havidas nesta terra perdida e sem fôlego.

"Então exijo do corpo a paralisação de todos os seus movimentos, do mais insignificante e mínimo movimento que ele possa fazer, apesar do cansaço e da dor. Tento paralisar meus membros e órgãos até o limite onde minhas forças são capazes, a respiração quase trancada, o corpo todo o mais próximo possível de um verdadeiro cadáver. O sobrado branco continua ali, pronto para virar pó a qualquer instante, e tem o braço que também vai virar pó a partir de um mínimo movimento meu.

"Um braço que talvez não seja o dela, mas que para mim é o dela, e é isso o que somente me importa.

"Um braço que eu quero dela porque ali, naquele sobrado, morava um tio, pai da prima e amiga com quem muitas vezes ela havia estado.

"Um braço que eu quero dela porque ali alguma coisa dela ficou, porque sempre se deixa alguma coisa nos lugares por onde se passa e onde em alguma coisa se pensa.

"Um braço que eu quero dela porque o braço que vi há pouco foi o último sopro de vida de quem ali também esteve como ela, ocupando um espaço que também foi dela, sob o mesmo

*teto, no limite daquelas quatro paredes brancas que, trêmulas
e vazias, começam a virar pó, como tudo nesta terra deserta,
nesta terra morta, de sombras e desesperanças, só porque não
consigo mais me manter inerte, não suporto mais o peso de
mim mesmo e deixo cair um braço — a primeira parte de meu
corpo que se desintegra."*

Delphine interrompe a leitura para pendurar a calça jeans no
cabide, atrás da porta, juntamente com as outras peças de
roupa que acabou de tirar. É a calça de Sevilla, que ela me disse
ter comprado numa tarde de ócios e de intensos amores às
margens do Guadalquivir. Calça que agora pende diante dos
meus olhos em chamas, quente e vazia, mas ainda marcada
pelo delicado contorno de seu corpo franzino. Donana deixou
sobre a mesa duas xícaras de chá e caminha em direção à sala
contígua à nossa. Desde a sua chegada, vinda da estação de
trens coberta de neve, a calça de amores e de ócios é a terceira
peça de roupa que ela tira do corpo. Do sobretudo e do casaco
ela havia se despido no início da leitura, transfigurada pela luz
da lareira que crepita luminosa diante de nós. Olho-a através
dos estilhaços do espelho e ela se multiplica, suave, risível, e é
a emoção de recém conhecer a guerra que me apanha ao ver
Delphine, diante de mim, inteira e multiplicada por muitas, a
retirar, com doçura, uma outra peça de roupa.

Meu pai está ao lado do rádio e diz à minha mãe que as tropas
estão nas ruas; se uma das partes não ceder haverá muito der-
ramamento de sangue, será necessário abandonar tudo, fugir
para algum lugar, nos proteger de qualquer jeito — a guerra
não escolhe as suas vítimas, e meu pai não sabe se isso é ruim
ou se é ainda pior.

Se a guerra escolhesse suas vítimas, teríamos como saber se devíamos fugir ou não; não teríamos nada com isso, a guerra não seria nossa e sim dos outros, e nossas vidas seriam todas poupadas. Mas poderia acontecer, também, de a guerra nos escolher como vítimas, por algum motivo qualquer, de acordo com a sua lógica absurda, e poderíamos morrer todos, meu pai, minha mãe, meus irmãos, meus avós, sem que nada pudéssemos argumentar em nosso favor. E não identificando previamente suas vítimas, todos estaríamos à sua mercê, e isso me fazia entender que a guerra era um grande e imbatível monstro; e uma grande cortina de assombro caiu diante dos meus olhos tão logo ouvi as últimas palavras do meu pai a respeito da guerra, uma guerra que poderia vir para nos matar a todos, mesmo que nada tivéssemos a ver com ela.

É com essa sensação que corri até a casa de Tino para lhe contar o que acabara de dizer meu pai. Entre os quintais de nossas casas havia uma figueira cujos galhos se estendiam para os dois lados, e era por ali que passávamos, eu e o Tino, quando um queria ir à casa do outro. Desse lugar podia-se ver o interior do quarto da irmã do Tino, alguns anos mais velha do que nós, que tínhamos a mesma idade, uma diferença pequena de apenas duas semanas, o que bastava para Tino se sentir mais apto para certas coisas. A irmã de Tino era o meu sonho de todas as manhãs, tardes e noites; era um quase choro no travesseiro na hora de dormir. A irmã de Tino era o impossível muito próximo dos meus olhos, todos os dias. Ela tomava conta da casa, tomava conta de Tino quando os pais iam para o trabalho; vinha a ser quase uma mãe para o Tino, mesmo quando a mãe de Tino estava em casa. Eu tinha inveja dele por não ter uma irmã igual, de não ter uma irmã como aquela para me vestir o uniforme do colégio, para passar a minha roupa, para me pôr à noite na cama, para me contar uma história antes de dormir — uma irmã que ia para a casa dos avós com Tino nos períodos de férias, que carregava Tino para cima e para baixo, segurando-lhe a mão, o Tino que não dava a menor importância para a grandeza de ter uma irmã para lhe segurar a mão com tanto carinho e atenção. Que inveja eu sentia dele, que ódio eu sentia do Tino por ele não perceber o valor de ter uma irmã como aquela; quantas vezes, enquanto perdia o sono pensando na irmã dele, sentindo o frio gelado do pampa entrar pelos vãos da janela; quantas vezes não planejei matar o Tino com a esperança de ocupar o espaço deixado por ele no quotidiano da irmã; quantas vezes, enquanto brincávamos de avião sobre os galhos da figueira, de onde podíamos ver o quarto da irmã, eu não disse lá comigo, só para mim e para a irmã de Tino, pois os nossos pensamentos estão sempre juntos da pessoa que a gente ama; quantas vezes eu não disse "é agora, é só empurrá-lo e pronto, ninguém vai imaginar que fui eu; direi apenas que ele escorregou e caiu"; e quantas vezes não me faltou coragem de matar Tino para ocupar o lugar que eu queria para mim! A irmã dele nos ajudava a fazer os exercícios de casa e depois deixava-nos ir brincar no quintal, fazia o café da tarde e nos chamava quando a mesa estava servida, o café fumegante e cheiroso sobre a toalha bordada; a irmã de Tino era quem fazia tudo para ele e, como estávamos sempre juntos, fazia tudo para mim também. Mas não era a mesma coisa, eu queria a irmã só para mim, e isso era impossível, eu sabia, seria impossível, mesmo que um dia eu deixasse de ser covarde e tivesse coragem de matar o meu melhor amigo, o Tino, e ela tivesse só a mim para cuidar. Ela haveria de sentir saudade do Tino e eu tinha ciúme do Tino, do Tino ter uma irmã que eu não tinha e nem nunca poderia ter.

Foi pensando nas palavras de meu pai sobre a guerra que corri para a casa do Tino. Agarrei-me aos galhos da figueira e, quando estava na altura da cerca, pronto para pular, vi a irmã, em frente à janela, com os cabelos molhados, o corpo enrolado numa imensa toalha branca, que ia do colo até abaixo dos joelhos, sob o sol amarelado da tarde. Não me passou pela cabeça que eu poderia esperar mais um pouco, meio minuto talvez, para ver o que iria acontecer a seguir no quarto da irmã de Tino, e pulei para o outro lado e corri para a casa — eu queria era contar para o meu melhor amigo o que dissera meu pai sobre a guerra e seus aviões que faziam chover bombas incendiárias sobre as cidades, sem a gente saber se ela escolhia ou não quem ia morrer, ou se apenas matava ao léu. A irmã de Tino estava de perfil junto à janela quando pulei para o outro lado e corri até a porta dos fundos, com a esperança de encontrar Tino, como sempre fazia. As portas da minha casa e da casa de Tino estavam sempre abertas, amigo de verdade era aquele que entrava sem bater à porta; passei pela cozinha, fui até o quarto de Tino: ele não estava. Ele podia estar na sala, e para lá caminhei, os pés batendo sobre o assoalho de madeira, e só então percebi a porta do quarto da irmã, aberta — acho até que o quarto da irmã do Tino nem tinha porta, e ela lá dentro, agora sem a toalha branca que antes lhe cobria o corpo, nua, nua mesmo; é assim que estava a irmã do Tino, nua, nua como nunca. Nem em meus sonhos eu a teria visto tão nua, e eu procurando Tino, morrendo de medo da guerra, tenso, querendo apenas repartir minha angústia, desejoso tão-somente de compartilhar com Tino o meu imenso pavor, com a intenção de contar a Tino, com todos os detalhes, o que havia dito meu pai sobre a guerra que se aproximava. Não bastando a irmã estar nua, ainda agachou-se um pouco para apanhar da gaveta do armário a primeira peça de roupa a vestir. Quanto subi novamente a figueira para voltar ao nosso quintal, sem saber se Tino estava ou não em casa, não tive coragem de olhar para a janela da irmã dele. Fui para o meu quarto sentindo que alguma coisa queria pular para fora de mim e chorei, o rosto fincado no travesseiro, como nunca lembro de ter chorado em toda a minha vida, que naquela altura já era muito — onze anos, pô! Chorei um monte, não sei se por causa da guerra, ou porque não havia encontrado o Tino para repartir com ele todo o meu medo, ou porque tinha visto a irmã dele nua e não sabia o que fazer com a imagem da irmã nua querendo explodir dentro de minha cabeça de criança.

Tão logo acaba de pendurar a calça no cabide, Delphine se volta para mim, inteira, esguia; dá um, dois, três passos em minha direção, e é o medo de conhecer a guerra que outra vez me assusta ao vê-la se aproximar, aos poucos, pousando na inquietação dos meus músculos tensos e quentes o olhar do gato faminto que espreita a fragilidade de um pássaro ferido de morte.

Tão logo Donana vira as costas para mim, depois de deixar duas xícaras de chá sobre a mesa, vejo Delphine tirar uma outra peça de roupa. Agarro-me com as duas mãos nas costas da cadeira e sinto medo de que a dor lancinante da minha inércia não seja conveniente a ela quando estiver sobrepondo em mim seus próximos gestos. O perfil de seu rosto, assim que retoma a leitura, cintila diante da luz avermelhada vinda da lareira acesa. Volto-me para mim mesmo, como se meu velho corpo fosse o quarto da minha infância, e sou tomado pela mesma emoção sentida naquele fim de tarde, no outro lado do mundo, quando voltei da casa do Tino, quando não pude revelar a ele toda a minha angústia diante da proximidade de uma guerra que, quando começasse, talvez nos escolhesse também como suas vítimas — eu, meu pai, minha mãe, meus irmãos, meus avós, Tino e, principalmente, a irmã dele.

Delphine, então, debruça-se sobre o caderno e tenta continuar a leitura, não sem antes me olhar uma outra vez, quem sabe para se divertir com a minha perplexidade, quem sabe alimentando no seu olhar de pássaro qualquer nova intenção que minha alma atormentada não seria, naquele momento, capaz de captar.

Eu gostaria de saber, daria uma vida, se tivesse, para saber o que se passa pela cabeça de Delphine, agora, neste momento, ao suspender a leitura outra vez, quando joga na guarda da poltrona florida o cachecol que até há pouco mantinha enrolado no pescoço. O cachecol de lã, uma vez no lugar e na posição onde ela o atira, fica como a nos observar, os dois, um diante do outro, Delphine pelas costas e eu de frente, um pequeno contorno em volta dos cabelos dela, ela que tem, atrás de si, crepitante, o fogo amarelado da lareira de pedras.

Lembro-me, então, de um cachecol de lã nas costas de uma poltrona; lembro-me de ter caído da cadeira por causa de um cachecol de lã nas costas de uma poltrona; lembro-me de Donana chegando, assustada; lembro-me de ter visto os pés de Donana se aproximando do meu rosto quando ouvi seus passos e me virei para o lado, o cachecol de lã ainda forjado nas duas retinas, no mesmo lugar, nas costas imóveis da poltrona vazia. Lembro-me do que me disse Donana: "Senhor, o que é isso?" Donana me ergueu com dificuldade enquanto eu virava o rosto lívido para o cachecol de lã na poltrona; lembro-me da vontade de pedir a Donana para me alcançar o cachecol de lã, da vontade de me abraçar ao cachecol de lã, de aspirar o perfume que havia no cachecol, o desejo de ver pulsar, ainda que risível, o resto de vida que eu sentia existir dentro da pequena volta que dava o cachecol de lã em torno de si mesmo sobre as costas inertes da poltrona florida. Mas me lembro também da vergonha crescente diante do que poderia pensar Donana sobre a minha queda, sobre os motivos fúteis da minha queda; lembro-me do meu coração reagindo como em outras guerras; o meu pai dizendo que a guerra podia ser uma questão de horas, os perigos da guerra, a necessidade de avisar meus amigos sobre a iminência da guerra; sentia-me assim enquanto era erguido do chão por Donana e, no entanto, a causa de tudo aquilo já não era mais uma guerra como aquela que me levara a correr para procurar um amigo; a guerra, naquele momento em que Donana me erguia do chão, era não mais do que um cachecol de lã pendurado nas costas de uma poltrona a poucos passos de onde eu estava. E lembro-me da vergonha sentida, do medo de Donana descobrir o motivo maior da minha queda, que não ia além de um cachecol de lã nas costas de uma poltrona vazia.

Delphine é o nome de uma personagem de Truffaut, foi o que pensei quando ela me disse o nome, no outro lado da linha. *L'Homme qui aimait les femmes.* Pressinto que Delphine vai me dizer alguma coisa, mas ela interrompe o gesto para pendurar a camisa num espaldar de cadeira, ao lado da porta, próximo ao meu espelho de parede. Delphine acaba de servir o *cognac* nos dois cálices postos sobre a mesa de mogno, e procuro imaginar o que tinha para dizer antes de me dar as costas e ir até a cadeira. Sinto o aroma do *cognac* se dissipando no ar, enquanto uma outra mulher canta alguma coisa próximo ao meu ouvido — algo meio sussurrado como *et ton silence est mon silence.* A camisa é a quinta peça de roupa tirada do corpo desde que chegou, vinda da estação de trens coberta pela neve, atendendo a um telefonema meu. O sobretudo, o casaco, a calça de Sevilla, a blusa — Delphine os havia tirado momentos antes, entre uma leitura e outra de seu caderno espiral, logo após ter vindo ao meu encontro para me apertar a mão, transfigurada pela luz da lareira crepitante diante de nós. Olho-a através dos estilhaços do espelho e ela se multiplica, suave, risível, tão bela e sensual como eu jamais pressenti ou imaginei.

Tenho a impressão de ouvir ao longe o dedilhar solitário de uma milonga e olho para ela, para esta personagem de um filme antigo a tirar uma outra peça de roupa diante de mim, e não me contenho. Tomo o primeiro gole de *cognac*, que desce queimando, como me queima até hoje na memória a imagem da irmã de Tino, nua, no dia em que meu pai falou sobre o horror e a insanidade das guerras que não escolhem as suas vítimas na hora de atacar.

Delphine fecha o caderno e olha-me nos olhos, contempla o meu espanto, depois vira-se para a janela, para a estação de trens, e avisa-me que é hora de ir. Veste-se novamente e, enquanto se veste, sou eu que a contemplo, sou eu que surpreendo a imensidão transfigurada de sua beleza contra a luz da lareira acesa. Delphine parte, acompanho seu caminhar até a estação, persigo-a através do espelho quebrado, ora ela é apenas uma, ora é várias — e me sinto menos triste ao perceber que, pelo menos enquanto ela não embarca no próximo trem, posso multiplicá-la por várias, apenas com um movimento da cabeça, sem a necessidade de qualquer outro esforço alheio à minha dor. A seguir ela embarca e o trem parte. Sinto apenas um cheiro de algo queimado, talvez a fumaça da locomotiva, talvez algo diferente que não consigo e nem é minha preocupação identificar agora, em meio à presente ausência de Delphine.

Mas Delphine volta. Delphine sempre volta para que o mundo possa se equilibrar na harmonia de seus passos. Vem da estação depois de saltar deste trem que agora passa, veloz, diante da minha janela. Deste trem que acaba de passar e ainda espalha na densidade do ar um maldito cheiro de fumaça e de pólvora. Dessa vez, Donana é dispensada de vir anunciá-la, Delphine já é de casa, não necessita mais dessas formalidades para estar comigo aqui onde sempre estou.

Ela entra e, antes mesmo de me cumprimentar, começa a se despir para o início da leitura do dia:

"— Você se acomoda em sua poltrona e olha para fora, pelo vidro da janela, enquanto o trem ganha velocidade e a paisagem se desfoca, transformada, finalmente, em uma massa única, compacta e uniforme, de cor pastel, quase estática. À sua frente sentar-se-ão dois xifópagos, unidos na altura dos quadris até a metade da coxa — o da esquerda, vestido como um mágico, o outro, a indicar que se trata de um camponês, sinais antigos de lama nas botas esfoladas, mãos grossas e sobrancelhas espessas, um boné de lã, tipo escocês, enterrado na cabeça.

"— Senhor, este embusteiro aqui — dirá o camponês — não nasceu assim, grudado em mim...

"— Embusteiro, não! — interromperá o outro, dirigindo-lhe o olhar como se lhe pedisse socorro. — Embusteiro, não! Sou um Ilusionista! Ilusionista, entendido?

"— A mim não faz diferença — retrucará o camponês.

"— Mas a mim faz — dirá o mágico.

"— Seja lá o que for, este homem aqui me roubou todas as ilusões de viver e é por isso que o sigo eternamente, a ponto de hoje, depois de tantos séculos juntos, estarmos grudados um no outro.

"*O mágico virar-se-á para o camponês com olhar de despre-zo, e o camponês continuará sua acusação, em tom monocórdio:*

"*— No início, prendi-o junto a mim com estas algemas, uma argola no meu pulso direito e a outra no pulso esquerdo dele, disposto que estava a acompanhá-lo pelo resto da vida, enquanto não devolvesse as ilusões que de mim roubou...*

"*Interromperá o mágico:*

"*— Não roubei nada de ninguém, já disse.*

"*Continuará o camponês:*

"*— O tempo foi passando, foi passando, e quando a junção das duas argolas se rompeu, gasta que estava devido ao passar dos séculos e aos nossos movimentos contínuos pelo mundo, terminamos por ficar assim, grudados um no outro, como bem vê, como se assim tivéssemos nascido.*

"*Interromperá o mágico:*

"*— Senhor, não tenho culpa pelo que aconteceu com este ingrato. Acredite em mim, por favor. Ele forçou o seu próprio destino. Fiz de tudo para preservá-lo, a ele e às suas ilusões que ele me acusa de ter roubado.*

"*O camponês:*

"*— Julgue, então, o nosso caso, meu amigo. Até o dia em que tive a infelicidade de encontrá-lo, mágico para mim era algo* sagrado; um homem de carne e osso como eu, disso não tinha dúvidas, um homem a quem devíamos respeitar, pois sabia coisas que não sabíamos, coisas diferentes da matemática, da geografia, dos idiomas, da ciência em geral, todas passíveis de domínio, bastando estudo e boa-vontade. Até então, mágico para mim era mágico, e pronto. Tudo começou quando este impostor aqui tirou um ovo de marreca de dentro da boca de um garoto, escolhido por acaso entre a pequena platéia que o assistia, em profundo respeito, no salão paroquial da nossa igrejinha, onde havia uma festa. Seu feito seguinte foi tirar um patacão de prata, fora de circulação havia mais de um século, de dentro da bota esquerda do velho Joaquim que, por sinal, já estava quase dormindo na ponta de uma mesa. Depois fez aparecer mais um monte de quinquilharias nos lugares mais estranhos, desde uma dentadura postiça dentro do penico velho que servia de vaso para flores, no lado de fora da igrejinha, até um coelho de três orelhas debaixo da batina do padre Sandoval. Naquele momento tudo corria bem, eu ainda não havia me dado conta de que o referido mágico poderia vir a me ajudar num grave e delicado problema. Tudo começou a clarear na minha cabeça; no entanto, no momento em que ele mudou o direcionamento de sua apresentação e passou a fazer sumir, em questão de segundos, vários objetos, dos menores aos maiores e mais difíceis de engolir. Na platéia, tão encantado quanto os demais, estava eu, um mortal qualquer, tomando meu vinho, comendo batata-doce assada com picadinho de churrasco, a observar todos os passos e os trejeitos do mágico, que, justiça seja feita, com muita competência se esmerava em fazer desaparecer coisas e mais coisas sob o olhar venerado de todo mundo. No momento em que ele, depois de um simples estalar de dedos, fez a tal Marinette, sua secretária e outra embusteira como ele, desaparecer de dentro de uma caixa *preta e roxa, toda espelhada por dentro, não me contive e puxei uma salva de palmas e me levantei para cumprimentá-lo, sem jamais imaginar que ali começava a minha desgraça. Dei-lhe um forte abraço, bati-lhe as mãos nas costas, como só se faz com um grande amigo, e disse, em meio ao barulho das palmas e assobios...*

"O mágico:

"— ... O senhor me caiu do céu!

"O camponês:

"— Exatamente, meu amigo. Naquele momento, como se algo estalasse dentro de minha cabeça, foram estas as minhas palavras: 'O senhor me caiu do céu!'

"O mágico:

"— Eu estava preocupado com a continuidade do número, pois ainda precisava fazer Marinette reaparecer dentro da caixa preta, e não me dei conta do que havia nas entrelinhas da afirmativa. Lembro-me em detalhes, senhor: este homem, as pernas trôpegas e babando nos cantos da boca, ainda falou alguma coisa ao meu ouvido, enquanto a platéia começava a se impacientar com a sua inconveniência. Inicialmente, devo confessar, ao ouvir o que me dizia, quase me roçando a orelha com os lábios gelados e cheirando a vinho, ainda tentei fazer uma expressão facial de quem reage a uma boa piada, fato que o público, por sinal, encarou com bom humor e divertimento. Ele teve o bom senso de voltar ao lugar de onde havia saído. Eu ainda tinha bons números para apresentar, mas senti algo

não indo bem com o espetáculo, alguma coisa passou a me angustiar, a me oprimir o espírito, e tive certeza de que tudo tinha a ver com ele, um homem de olhar primitivo e inarredável, a poucos passos de onde eu me encontrava, homem estranho, entornando copos e mais copos de vinho e engolindo carne picada com a disposição de um bárbaro que não comia há meses. Aquele olhar tosco e de impaciência começou a me tirar a concentração e passei a errar até os números mais fáceis e primários.

"O camponês:

"— Não demorou, e o impostor deu o espetáculo por encerrado, e percebi que era a hora de ir direto ao assunto. Ele começou a juntar sua tralha sem mesmo pedir à sua secretária, outra embusteira, que passasse a cartola para arrecadar as contribuições de praxe. Reunia a tralha de costas para a platéia, como se tivesse algo a esconder ou medo de alguma coisa.

"O mágico:

"— Tinha medo, sim, não nego! O olhar dele era aterrador, era um olhar de bárbaro, de um bárbaro insano e disposto a qualquer besteira. Foi nesse momento que estremeci de verdade, pela primeira vez. Senti o peso de uma mão me caindo sobre os ossos do ombro e me virei, as pernas trêmulas...

"O camponês:

"— Meu nome é José Castelhano — eu disse, e ele virou para mim o rosto coberto de pó-de-arroz, como se ali, diante dele,

estivesse um fantasma e não um homem de bem como sempre fui. — O senhor, hoje, vai me quebrar um galho — continuei, tentando me explicar melhor.

"O mágico:

"— Como assim? — perguntei, ainda sem imaginar o que estaria por vir, mas já certo de que coisa boa não havia de ser.

"O camponês:

"— Então o senhor não sabe o que significa quebrar um galho? — Assustado, ele sorriu, o nefasto, e sua gengiva pareceu ainda mais vermelha em contraste com a palidez do rosto branqueado pelo pó-de-arroz.

"O mágico:

"— Não moro longe daqui — o bárbaro me disse, deixando à mostra os pequenos dentes arroxeados de vinho tinto e sujeira. E se mostrou irredutível, como qualquer bêbado que se preza, diante dos meus argumentos de que não poderia ir à sua casa; talvez outro dia, quando houvesse mais tempo de minha parte. Tentei explicar que tinha pressa, havia marcado um show na cidade para dentro de uma hora, mas me vi encurralado quando ele, os olhos quase vidrados, me disse que por isso mesmo, que eu tivesse a bondade de o acompanhar se eu realmente tinha algum interesse em não faltar ao compromisso na cidade. Ele foi na frente, ensinando o caminho, enquanto eu seguia atrás, no meu carro, acompanhado de minha secretária.

"— O senhor não se preocupe — ele me disse, enquanto batia com força a porta da camioneta. — Sou um homem de posses e vou pagar pelo serviço. E bem! — Quando chegamos à sua casa, ele pediu que minha secretária ficasse de fora. — Não gosto de mulher metida no meio dessas encrencas — acrescentou, agora já dentro da casa, acomodado na cabeceira de uma mesa.

"O camponês:

"— Ele ainda estava com a roupa da apresentação, e a cada instante o seu rosto ganhava um tom meio cadavérico, um pouco por causa da luz azulada entrando pela janela entreaberta. Mas no fundo, no fundo, tudo aquilo se devia ao fato de ele saber que ia ser difícil me trapacear ali, cara a cara, só os dois, de frente um para o outro.

"O mágico:

"— Preciso que o senhor me faça desaparecer o cadáver de minha mulher — disse-me o bárbaro, inclinando o rosto na minha direção, de forma que pude sentir o terrível cheiro de vinho azedo saindo de sua boca. — Não regateio preço, desde que a faça desaparecer para sempre, sem deixar vestígios... — acrescentou, voltando a apoiar as costas no espaldar da cadeira.

"O camponês:

"— E então, meu amigo, o embusteiro riu e teve o desplante de me dizer: — Mágicos fazem apenas truques, senhor. Truques! É tudo o que os mágicos sabem fazer. Truques!

"O mágico·

"— Aí ele me disse: — Mas é isso mesmo que estou lhe pedindo: que me faça um truque. — E empurrou novamente o rosto vermelho na minha direção. — Quero que o senhor faça sumir o cadáver de minha mulher. Não me parece que isso lhe seja dificultoso, pois, se faz desaparecer uma mulher viva, muito mais fácil será dar cabo de uma morta!

"O camponês:

"— Impossível, senhor! — ele retrucou, nefasto, o rosto branco ganhando cada vez mais contraste com a gengiva vermelha e saliente. — Não posso fazer isso! É simplesmente absurdo.

"O mágico:

"— Mas ele insistia: — Eu já lhe disse que pago o preço do serviço. Tenho posses, peça o que quiser. Como se o problema fosse dinheiro!

"O camponês:

"— Isso é um absurdo! Impossível! — resistia o impostor.

"O mágico:

"— Faça o preço.

"*O camponês:*

"— *É um absurdo.*

"*O mágico:*

"— *Ele começou a se impacientar diante de minha recusa: —
A bem da verdade — continuou o bárbaro, assoando o nariz
num velho lenço que acabava de tirar do bolso —, acho que
não vem ao caso eu lhe contar, agora, em detalhes, por que
matei minha mulher. Posso lhe dizer apenas que ela conhecia
um grande segredo meu. E não gosto que dos meus segredos
mais gente tome conhecimento. A maior garantia para um
segredo é a tumba, senhor mágico. Não sei se me fiz entender.
— Dito isso, ele puxou um revólver da cintura e o colocou
sobre a mesa.*

"*O camponês:*

"— *Então o embusteiro começou a desmoronar e me disse: —
Veja bem, senhor José, todos os números que faço são uma...
armação...*

"*O mágico:*

"— *O bárbaro mantinha os olhos parados no meu rosto: —
Me explique, então — ele exigiu —, como é que o senhor fez
sair um ovo da boca do garoto — ele perguntou. — Simples —
eu expliquei. — O ovo, na verdade, é uma minúscula bolinha
feita de um certo material que, em contato com a saliva, se
expande e vira um ovo.*

"O camponês:

"— Mas o senhor quebrou o ovo e fez uma gemada! Eu mesmo fui um dos que provei da sua gemada.

"O mágico:

"— O ovo que eu quebrei era outro ovo, que troquei pelo falso. Aquele que eu quebrei a seguir já era o verdadeiro.

"O camponês:

"— Mas como é que o senhor trocou de ovo e ninguém viu?

"O mágico:

"— Aí é que entram os quesitos habilidade e destreza. Enquanto eu faço aquele passo de dança e dou uma voltinha de veado sobre mim mesmo, troco de ovo.

"O camponês:

"— E aquele coelho de três orelhas, como é que foi parar embaixo da batina do padre Sandoval sem ninguém ver, nem ele mesmo?

"O mágico:

"— Na verdade, eu tirei o coelho foi de dentro da cartola, embaixo da batina do padre.

"*O camponês:*

"*— Mas o senhor mostrou a cartola antes de enfiar embaixo da batina do padre, e a cartola estava vazia! Todo mundo viu! Até o próprio padre, que não é um homem de mentiras!*

"*O mágico:*

"*— Na verdade, mostrei a cartola vazia antes de colocar o coelho dentro. Também pura questão de habilidade. — Notei que o bárbaro começava a ficar agoniado. Tive a impressão de que seus olhos, a cada palavra minha, ficavam mais aguados e distantes. Ele se manteve pensativo por mais um pouco e depois disse: — Ainda acho que o senhor está é querendo tirar o cu da estaca. — Fez uma nova pausa, depois perguntou: — E aquelas coisas todas, como é que somem?, a mulher de dentro da caixa fechada, por exemplo?*

"*O camponês:*

"*— Então ele tirou um lenço do bolso do paletó e o segurou por uma ponta, bem próximo do meu rosto.*

"*O mágico:*

"*— O bárbaro abriu um longo sorriso, alegre, o primeiro desde que ali chegamos, e tive uma certa esperança de que as coisas pudessem se resolver sem problemas. — Não sei por quê — ele disse, ainda sorrindo —, mas essa de desaparecer o lencinho colorido é a de que mais gosto!*

"*O camponês:*

"*— Pois então veja — disse o embusteiro, sorrindo, como se aquilo fosse a coisa mais normal do mundo: — Atenção, atenção... pronto! Sumiu! — Eu me lembro que dei uma grande gargalhada, aquele era o número de que eu mais gostava, desde criança! Aí eu gritei, aliviado: — Mas claro que sumiu, pois eu não estou vendo, por acaso!?*

"*O mágico:*

"*— Agora olhe para o meu polegar — eu disse, e abri a mão bem próximo do rosto dele.*

"*O camponês:*

"*— Aí o impostor retirou o lencinho de dentro de um dedo postiço que estava enfiado no polegar direito e me mostrou.*

"*O mágico:*

"*— Ele, então, foi fechando a boca aos poucos e pude ver que seu olhar, já encharcado de água, se perdeu por um longo tempo no vão da janela entreaberta. Depois me perguntou, apanhando o revólver de cima da mesa: — E a mulher, como é que some de dentro da caixa?*

"*O camponês:*

"*— Ele respondeu que era por causa de uma caixa com o fundo móvel...*

"O mágico:

"— Ele exigiu que eu trouxesse a caixa, o revólver sempre na mão direita, um olhar de dar medo, a cada momento mais aguado e brilhante. Fui até o carro e trouxe minhas coisas, sempre na mira do revólver dele.

"O camponês:

"— O impostor começou explicando como funcionava a tal caixa com o fundo móvel: — A parte traseira é feita em forma de L, com todos os lados internos espelhados. O tampo que fica em pé, atrás, faz o fundo; o outro, o que fica deitado, faz parte do tampo da mesa. Na junção dos dois tampos existe uma dobradiça que permite ao L girar para a frente e para trás. — E ia mostrando todo o mecanismo da caixa enquanto explicava: — Depois que a mulher entra na caixa, pela parte da frente, eu giro o L para trás, puxando a mulher para fora. Quando abro a caixa, novamente, o que se vê da platéia é o tampo da mesa que subiu e se transformou momentaneamente no fundo da caixa, encobrindo a mulher, que ficou atrás. A mulher, na verdade, não sumiu; está é pelo lado de fora, atrás da caixa, escondida da platéia por uma parte do L, que subiu enquanto a outra baixava. — Ainda tentei um último argumento, relutando em aceitar passivamente o que ouvia da boca podre do impostor: — Mas quando o senhor gira a caixa, pelo lado de fora não se vê mulher nenhuma.

"O mágico:

"— Se o senhor prestar bem atenção, vai perceber o seguinte: na hora exata em que começo a girar a caixa, fecho imediata-

mente a porta da frente. Nesse momento, com muita habilidade, estou girando também o L para dentro, com o que a mulher volta novamente ao interior da caixa. Jamais giro a caixa com a parte da frente aberta. Tudo não passa de uma simples ilusão. Também faço um número de levitação, mas esse é mais complicado e precisa de um lugar extremamente apropriado, já que o equipamento...

"O camponês:

"— Não! Não! Não quero saber de mais nada! Só me responda uma coisa: Esse tipo de trapaça? É só você que faz...?

"O mágico:

"— Todo mágico faz assim. E posso lhe afirmar que não se trata de uma trapaça. O que os mágicos fazem são truques, simplesmente.

"O camponês:

"— Não! Você é que é um trapaceiro e terá que desmentir tudo isso agora, nem que para isso eu tenha que lutar pelo resto da minha vida.

"O mágico:

"— Impossível. Esta é a única verdade. Mesmo que o senhor me persiga pelo resto de sua vida lhe, será impossível encontrar outra verdade que não seja esta, a única.

"*O camponês:*

"— *Não! Você é que é um trapaceiro! Já vi mágicos serrarem uma mulher ao meio, na frente de todo mundo, e depois fazerem-na reaparecer inteira, no meio da platéia, ao lado de gente honrada, que não mente.*

"*O mágico:*

"— *Essa eu também faço!*

"*O camponês:*

"— *Não, não quero. Chega de trapaças, minha paciência se esgotou. Eu exijo apenas que você negue o que acabou de dizer.*

"*O mágico:*

"— *Impossível, para os mágicos a verdade é uma só.*

"*O camponês:*

"— *Você acabou com tudo.*

"*O mágico:*

"— *O senhor me obrigou a isso.*

"*O camponês:*

"— *Pois, então, agora eu o obrigo a desmentir tudo que me disse. Me dê o polegar postiço e faça desaparecer o lencinho sem ele.*

"O mágico:

"— O senhor pode obrigar um mágico a dizer a verdade, mas jamais poderá fazê-lo voltar atrás. Isso não depende mais de mim, agora é tudo com o senhor.

"O camponês:

"— Pois, veremos.

"O mágico:

"— Isso foi o que se sucedeu, meu amigo. Sempre com o revólver na mão, ele apanhou um par de algemas, prendeu uma em meu braço esquerdo e a outra em seu próprio braço, o direito, e andamos assim até hoje. Ele quer que eu lhe devolva as ilusões, cobra-me uma verdade que não lhe posso dar, quer que eu lhe restitua algo que não está em outro lugar senão dentro dele próprio. Mesmo que seja esse o meu desejo, jamais poderei voltar atrás. Estamos perdidos.

"O camponês:

"— Olhe, o trem começa a parar. Vamos.

"Os xifópagos descerão do trem em silêncio e a impressão que você terá é a de que seguirão cansados e vencidos, mas, entre um vinco e outro de seus rostos, será visível o rancor que por muito tempo ainda haverá de alimentar a vida de um e de outro."

Para meu assombro, Delphine ri às gargalhadas, uma criança!, quando empurra a cadeira pela relva em direção à ribanceira. E logo segura a cadeira, assim que aumenta um pouco a velocidade, e solta outra gargalhada. Não consigo entender se ela se diverte com aquilo, com o simples movimento da cadeira que anda e pára subitamente, se ri do tom lívido e amedrontado do meu rosto, se não percebe que, num mínimo descuido, a cadeira pode descer sem controle ribanceira abaixo, carregando-me junto para o precipício. Devia me importar é que Delphine ri, e seu riso, de certa forma, me tranqüiliza o espírito: é uma espécie de antídoto para a sua imprudência explícita e de conseqüências inimagináveis. Sei, e isso não é pouco, que ela, de alguma forma, se diverte comigo, vê em mim algo que não lhe causa tristeza ou repugnância, mesmo que sua alegria custe a mim constantes sobressaltos e visões momentâneas da morte muito próxima, da vida por um fio. Talvez ela queira mostrar que a minha vida está em suas mãos, não apenas quando a vejo chegando na estação, através do espelho, cadernos e livros embaixo do braço, quando a vejo chegando antes de realmente chegar. Delphine, com a imprudência de seu gesto, quer mesmo é sustentar provas de que a minha vida pertence a ela não apenas quando me faz companhia durante as nossas múltiplas tardes de inverno junto à lareira, não apenas quando lê para mim suas histórias malucas sobre o tempo e suas desconexões. Com esse gesto paradoxal de me mostrar o rosto da morte enquanto ri, Delphine externa o poder que carrega em cada um dos seus dedos, em cada um dos seus minúsculos ossos, em cada uma de suas veias, em cada gota do seu sangue juvenil, em cada célula da pele que reveste as suas pequenas mãos agarradas às frias alças da minha cadeira de rodas. Assim, deixa claro que a partir de um mínimo gesto pode apagar, em segundos, toda a obra por ela organizada junto à minha imaginação, toda a expectativa de vida futura que faz nascer quando a vejo chegar — o pequeno rosto ficando no sobretudo gris, às vezes uma boina na cabeça e um cachecol colorido no pescoço. Diante da iminência do abismo, procuro e encontro pequenos galhos para me agarrar; são poucos, mas existem; a minha possibilidade de salvação chega a ser constrangedora, mas à beira do abismo há tempo para constrangimentos se ainda nos resta uma mínima chance de sobrevivência? E imagino Delphine ponderando o contrário, apesar do insano poder que julga exercer sobre a pequenez do meu mundo cinzento: se deixar a cadeira correr ribanceira abaixo, não terá mais a mim para acreditar cegamente nas suas histórias, jamais encontrará uma companhia tão fiel para caminhar pelos meandros e labirintos construídos pelas palavras que os dias lhe trazem frescas na boca recém-aberta. Isso não é garantia, eu sei; um dia ela poderá se cansar da minha audiência, um dia me quererá contestando sua noção desconexa de tempo e, estou certo, não terei o mínimo gosto em contrariá-la, pois a sua história já me terá sido a única e indestrutível verdade. Eu devia não me preocupar tanto em saber quais são as intenções de Delphine quando empurra a cadeira na direção do abismo e a segura logo em seguida, enquanto ri, divertida, às gargalhadas. Apesar do perigo, eu devia era acreditar em sua verdadeira inocência; ela apenas se diverte com o meu medo, e isso, de certa forma, devia me confortar; mesmo que o preço a pagar seja o meu assombro, seja a certeza quase inexorável de ter realmente chegado a hora; sua alegria, seu riso deviam ser para mim o único fato a ser considerado, e isso devia me bastar, devia ser tudo. Eu devia me deter apenas à luz dourada filtrando a paisagem sobre a tarde e seu ocaso, eu devia considerar apenas a vivacidade da relva sobre a ribanceira, eu devia entender que aquelas pedras escuras e rutilantes lá embaixo são apenas uma forma de valorizar o verde sob as rodas da cadeira deslizante e sob os pés de Delphine, eu devia entender e acreditar que as pedras foram lá colocadas pelo autor de uma bela aquarela apenas para oferecer à sua pintura um pouco mais de harmonia e profundidade, que nada disso diante dos meus olhos tem a ver com meu medo e a displicência de Delphine e sua juventude.

... De repente, com uma explosão impetuosa de alegria, ela encostou a boca junto a meu ouvido — mas durante um bom tempo minha mente não foi capaz de separar em palavras o quente trovejar de seu sussurro, e ela riu, e varreu os cabelos que lhe caíam sobre o rosto...

Através do espelho posso acompanhar o movimento das poucas pessoas na rua. São raras, e por isso, por não passar viv'alma aqui em frente durante horas, tenho a impressão de que a monotonia é o pior dos males a atingir a alma humana. Hoje Delphine não veio, e faz muito frio, um frio procedente de outro lugar, de dentro para fora, incoercível, pois não é o tipo de frio a se enfrentar com as chamas da lareira acesa, crepitante, quase junto ao gelo desconfortável dos meus pés. Donana trouxe-me o chá e saiu, parece que foi à rua comprar coisas para a casa, não tenho certeza; quando esteve aqui para deixar o chá, eu pensava em Delphine, ou melhor, eu pensava na ausência de Delphine, no significado de não ter Delphine para me ajudar a transpor as lentas horas marcadas no relógio da parede. Na última vez em que veio à casa, Delphine prometeu me revelar a história do homem adúltero, do homem e os sete trens, do homem perseguido que penetra em outra dimensão através das sete portas do infinito e, inadvertidamente, ao pisar na interseção de tempo, espaço e velocidade dos sete trens que o conduzem à imortalidade, volta ao mesmo lugar de onde saíra e se reencontra com o seu destino. Delphine fez um ar de riso quando me falou da história, como quem diz: "Você verá com seus próprios olhos! Espere, se você pensa saber a vida muito mais, tão-somente por já ter vivido infinitamente mais do que eu..."

"— Este é o trem dos perseguidos, dir-lhe-á um homem assim que você se sentar, o corpo exausto e o estômago embrulhado, você que ainda não estará acostumado com seu corpo penetrando em outros espaços com tamanha velocidade.

"— Aqui ninguém vai se importar com a sua nudez, com a roupa que lhe falta ao corpo, exatamente por ser este o trem dos perseguidos — continuará o homem a falar. — No trem dos perseguidos jamais alguém irá lhe perguntar por que o seu corpo está nu. Você está no lugar certo e não podia ter escolhido trem melhor. Mas não fique tão tranqüilo assim, isto não é para sempre, nada aqui entre nós é eterno. Não imagine, também, que, pelo fato de aqui nada ser eterno, você deixará algum dia de ser um perseguido. A cada parada, os passageiros dos sete trens, que andam sempre na mesma velocidade, são obrigados a descer, cada um em uma estação diferente. A seguir, precisarão optar entre outros sete trens que estarão parados um pouco à frente, à espera dos passageiros de outros sete trens que ali desembocarão no mesmo e exato momento. O tempo corrido dentro do trem, enquanto ele anda, entre uma estação e outra, é o tempo disponível para descansar um pouco a alma ou o espírito, conforme você quererá. Jamais poderá saber sobre o conteúdo e o destino dos trens que o esperam nas próximas estações. Só saberá que serão sete, terá que optar por um deles; aquele que você escolher desembocará *numa estação com outros sete trens, depois mais sete, mais sete e, assim, infinitamente. Jamais você saberá quais seriam os destinos dos seus trens preteridos. Os trens preteridos serão como as opções que você deixou para trás ao longo de sua vida; serão como vidas deixadas de viver. Conhecerá apenas o seu trem, às vezes nem isso. Aqui todos somos perseguidos, uns não têm as vestes como você, a outros falta uma mão, a outros uma perna, a outros até mesmo a cabeça. A mim falta o olho esquerdo, que me arrancou um credor quando teve a certeza de que não havia mais o que de mim tirar para reduzir a dívida; me deixou assim quando se deu conta de que eu, um homem pobre, desacreditado e sem honra, jamais poderia lhe devolver o emprestado, mesmo que por mais mil anos sobre este chão Deus me permitisse ficar. Disse-me, então, o credor, como se fosse possível a mim uma última chance, que voltaria na semana seguinte para me arrancar o outro olho, caso eu não pagasse aquilo que por justiça era-lhe seu; nesse dia, vendo que nada mais podia ser feito em relação à minha falência, eu jamais teria condições de lhe pagar o devido, pôs-se a correr ao meu encalço, sempre muito próximo. E foi assim, correndo, fugindo do homem que me queria arrancar o último olho, que encontrei os trens, para o meu alívio, e aqui estou, há vários séculos, tentando proteger o olho que me resta, sem saber se o meu perseguidor conseguiu alcançar um dos sete trens, se tomou outros caminhos alternativos nas estações anteriores, sem qualquer idéia sobre por quantos trens já terei passado, nem quantos ainda existem pela frente, se um dia este caminho terá ou não um fim, se para me ver livre dessa seqüência imortal de trens seria necessário uma combinação X entre cada um dos sete trens tomados até agora; sigo sem saber se, a cada trem que tomo, me distancio ainda mais do tempo real na proporção em que se multiplicam por sete todas as pos-*

síveis combinações deixadas para trás, ao mesmo tempo em que por sete são multiplicadas as combinações ainda por vir. Olhe só, queira me desculpar, mas a próxima estação se aproxima, é preciso descer antes que o trem pare totalmente; boa sorte e tome cuidado. Pelos séculos e séculos de experiência adquirida subindo e descendo de trens infinitamente, creio que há uma única chance em milhares de trilhões de que venhamos a nos reencontrar um dia, caso, a partir do próximo trem, tomemos caminhos diferentes. Mas não se lamente! Isso vale também para um reencontro com os nossos perseguidores. Adeus."

Agora olho pelo espelho e vejo Donana vindo da estação, Donana talvez venha da cidade onde teria ido fazer compras para a casa, é o que presumo; ela esteve aqui pela manhã para me deixar o chá; Donana comentou, não tenho bem certeza, que faltavam algumas coisas em casa, mas pouco liguei para as palavras dela, eu pensava em Delphine, no vazio que é olhar para o relógio da parede e não notar o movimento dos ponteiros enquanto eu devia mesmo era exultar esse andar lento das horas — andando as horas devagar andarão lentos também os dias, as semanas, os meses, os anos, os séculos, os milênios, a vida, a minha vida, a vida de Delphine e, mais do que tudo, a minha vida próxima à vida de Delphine.

Eu devia exigir que o tempo parasse, as horas andassem pouco, ou nem andassem; no entanto, meu maior desgosto são justamente estas horas andando pouco, não passando como deveriam passar, rápidas, cortantes como a dor de não pensar em nada.

Percebo Donana saindo para fazer compras na cidade, vejo-a pelo espelho, ela caminha rumo à estação; agora, neste momento, meu desejo sincero é que o relógio ande mais; adoraria ver seus ponteiros pulando, correndo, para morrer com rapidez esta tarde de espaços vazios e de silêncios, de sons arrastados, de gelo que penetra e atrasa as engrenagens do tempo.

Agora nem sinal de Donana, nem chegando nem saindo, o único ser vivo é o cachecol de lã que um dia será esquecido nas costas da poltrona florida, próxima à parede, contra a janela por onde vejo os movimentos do mundo através do espelho quebrado.

Delphine empurra a cadeira, leva-me ao carro-restaurante e fico feliz com isso; poderemos tomar um café, era nisso que eu pensava desde a nossa chegada ao trem, quando senti no ar o aroma do café vindo do carro-restaurante, um café que me faria bem, em meio à simetria deste barulho de ferros batendo contra ferros, de bielas e trilhos, som metálico sob os nossos pés e sob os pés de todas os outros passageiros que nos acompanham, tristes e solitários, como se estivessem sendo levados para um lugar que não lhes é do inteiro agrado.

Delphine posiciona a cadeira de frente para a janela, para a paisagem parada igual um quadro na parede; medas de palha amarela se estendem pelo campo, há uma relva extensa em frente, mais adiante uma ribanceira, pedras rutilantes ao fundo, um homem numa cadeira de rodas e uma menina que brinca com a cadeira, como se fosse largá-la ribanceira abaixo.

O homem parece aflito; a menina se diverte, talvez com a brincadeira, talvez com a aflição dele por sentir a morte muito próxima de si, a possibilidade de uma tragédia iminente. Delphine levanta-se para apanhar o café, o homem e a menina se debatem sobre a imensidão da paisagem, o contraste é violento entre a alegria dela e a apreensão dele, entre a claridade das medas douradas sobre a grama e as pedras escuras ao fundo do penhasco — a menina talvez faça aquilo de propósito, talvez não perceba o perigo, mas a angústia do homem é sincera, a menina solta a cadeira por alguns instantes, a cadeira se projeta lentamente para o precipício, a menina corre e a segura novamente, solta uma gargalhada impossível de se ouvir daqui, mas sabe-se que existe pela firme expressão de seu rosto, o homem agarra-se nas costas da cadeira e olha ao redor, as pedras lá embaixo prontas para recebê-lo assim que a menina perder o controle da cadeira, ou assim que empurrá-la simplesmente, o que parece, às vezes, ser o seu verdadeiro propósito.

"Ela vai matá-lo."

Sinto os lábios de alguém junto ao meu ouvido, é o quente trovejar de um sussurro; olho para o lado e vejo, sentada junto à mesa, a irmã do Tino, que, como eu, acompanha pela janela o jogo entre a menina e o homem da cadeira de rodas.

Sob os nossos pés continua o som das batidas de rodas nas emendas dos trilhos, e me vem a impressão de, certa vez, ter sonhado com a minha mão em concha segurando um pequeno seio que agora imagino ser o seio da irmã do Tino, ela que se apresenta a mim serena como sempre me pareceu ser, vestida de branco, idêntica àquela dos meus onze anos, das minhas tardes de ócio e de paixão, de paixão e vontade de ter só para mim uma irmã como a irmã do Tino.

Ela estava ali, à minha frente, ao alcance não apenas dos meus olhos, com os seios iguais ao pequeno seio que me lembro de ter aconchegado na mão, macio e leviano, provavelmente num sonho perdido entre um trem e outro que tomei, e agora voltava para me alimentar o espírito.

Olho novamente para a janela e vejo somente a paisagem: nem a menina, nem o homem, apenas as medas de palha, agora uma extensa plantação de girassóis refletindo a luz esmaecida da tarde, apenas a paisagem andando lentamente para trás, igual uma fita de vídeo sendo rebobinada, um filme de trás para a frente, a paisagem da janela em movimento em vez do trem onde sentávamos, eu e a irmã do Tino, ela mesma, a irmã do Tino que certa vez vi nua, num dia de temores com a chegada da guerra e também num dia em que temi muito mais sua nudez do que a iminência de uma guerra que, segundo meu pai, não escolhia suas vítimas e podia nos matar a todos.

A paisagem na janela anda para trás, lenta, enigmática, a irmã do Tino não olha mais para fora do trem e sim para mim, para meu rosto macerado e velho, um contraste medonho diante do rosto juvenil e fresco da irmã do Tino, bem como era o rosto da irmã do Tino há muito tempo, no outro lado do mundo, quando eu a observava preparando o café da tarde, num tempo em que, diante dos meus poucos anos, a irmã do Tino é quem era muito mais velha, assustadoramente mais velha, temivelmente mais adulta do que eu.

A paisagem ainda retrocede na janela, sinto a mão da irmã do Tino em cima da minha, sobre a toalha de linho branco da mesa — a irmã do Tino, então, me pergunta como eu vou, e não sei como fazer, pois a resposta me parece óbvia; aí ela me diz que o Tino morreu, e noto uma pequena ruga um pouco acima da comissura esquerda dos lábios, uma ruga antes inexistente, estou certo; e só posso atribuir à morte do Tino o viço de uma ruga na superfície de um rosto tão jovem e belo — e por isso, por causa dessa ruga e por tudo o que ela representa na vida da irmã do Tino, uma tristeza sem tamanho invade o nosso carro, como soprada pela boca da paisagem ainda retrocedendo ao longe, sob a baixa luz do crepúsculo crescente.

Então, a irmã do Tino avança o corpo um pouco para a frente e puxa a minha mão ao seu encontro e, com um carinho que jamais vi em lugar algum, ela junta meus dedos e dobra-os em forma de concha e puxa-os para si, para dentro da blusa de algodão, até minha mão se ajustar ao entorno macio de seu pequeno seio.

A primeira reação que sinto no corpo da irmã do Tino é a violência do seu coração batendo, acelerado, da mesma forma que senti, certa vez, bater o coração de um pintassilgo que entrara na nossa casa e se debatia, aflito, contra o vidro da janela, na tentativa de encontrar a saída.

Assim estava o coração do pássaro, forcejava nas asas e pernas, e me faltou coragem para ficar com ele por mais tempo, apesar da alegria infantil de ter, pela primeira vez, a tão sonhada chance de apanhar um pintassilgo com as próprias mãos.

Tive vontade de perguntar pela morte do Tino, de que havia morrido o Tino, mas o pudor me impediu de fazê-lo, eu não havia esquecido, e como haveria de esquecer?, especialmente agora, com a mão pousada sobre o seio de sua irmã, eu não havia esquecido que muitas vezes, na pequenez de meu quarto abafado, desejei sua morte, e assim poder tê-la só para mim, sem a presença dele, sem a necessidade de vê-lo diariamente negligenciando algo que para mim era o valor mais precioso, ter uma irmã tão bela e generosa como a dele.

A irmã do Tino retira minha mão de seu seio e a leva aos lábios e começa a beijá-la — é um beijo longo, macio, generoso; percebo na sua boca um calor insensato, a umidade de sua boca é quente e me sinto também aquecido, o corpo tenso sobre a cadeira; ela, então, baixa sobre a mesa a minha mão ainda aquecida pela sua boca e, sem largá-la, me pergunta se eu ainda lembro de quando eu brincava com o Tino, da figueira entre os nossos quintais; que eu, para ir à casa deles, subia pelo tronco da figueira e depois me jogava, feito um macaco, no outro lado, e corria para a porta, sempre aberta, como eram as portas das nossas casas para os amigos, que podiam chegar e entrar à hora que quisessem.

Um reflexo dourado entra pela janela, os girassóis refletem as últimas luzes da tarde sobre o rosto e os cabelos da irmã do Tino.

Não é possível falar com o meu coração batendo daquele jeito, mas claro, eu lembro, como ia esquecer de tudo?, lembro principalmente daquela tarde em que, após ter pulado a figueira com medo da guerra e entrar na casa, pude vê-la nua, nua como nunca havia nem mesmo imaginado; e ela, agora, aqui sobre o som metálico de ferros e bielas, ela com a mesma bondade que dedicava a mim nos meus onze anos, ela agora acaricia a minha mão escamada e vencida em cima da mesa e me faz esquecer a dor de imaginar o Tino morto, mesmo tendo eu inúmeras vezes desejado ver o Tino morto.

"Não tenho pressa", ela me diz, imaginando que eu, por certo, encontro dificuldades para me lembrar de tempo tão longínquo; e me mantenho mudo, pois sei, apesar da imedida diferença entre as nossas idades, apesar de minha velhice inexorável e de sua eterna juventude, que ela tem muito mais fatos a relatar do que eu.

Ela toma um gole de café e eu sinto o aroma de seu hálito misturado ao aroma do café, a marca de seus lábios no branco da porcelana, o som de sua voz a me trazer novamente as lembranças da guerra iminente que não veio. Impossível saber até onde conseguirei abafar as palavras presas à secura da boca, a revelação sobre as minhas noites inteiras de paixão sob as cobertas pesadas do inverno, sobre os meus planos de empurrar o Tino de cima da figueira, sobre o dia em que a vi nua no quarto, sobre a minha angústia por não saber o que fazer com as imagens dela nua querendo explodir dentro da minha cabeça de criança.

"Eu sei", ela me diz, como se lesse meus pensamentos, no exato instante em que, no outro lado da janela, o crepúsculo transita definitivamente em direção à noite fechada. "Como eu poderia não perceber toda aquela paixão apenas no jeito de você me olhar?", ela pergunta, um suave sorriso de compreensão e generosidade na boca. "Mas você era tão criança, e não pense que eu também não sofria por isso — por não ser aquela a nossa hora, por não ser aquela a nossa hora. O meu amor era igual ao seu, você pode ter certeza" — e ela baixa todo o esplendor de seu rosto sobre as juntas atrofiadas dos meus dedos e os beija várias vezes, como talvez beijasse as mãos de um santo que acabasse de lhe conceder uma graça. "Passado todo esse tempo, você ainda está certo de que, aquela vez no quarto, a porta aberta, foi um acaso, não é mesmo? Pois não foi um acaso. A janela estava aberta porque assim eu a havia deixado quando percebi seu movimento na direção da figueira; a porta do meu quarto estava aberta porque assim eu desejei que estivesse quando vi você pular para dentro do nosso pátio, o rosto tenso e as mãos na cabeça; eu me mostrei nua para você porque era assim que eu imaginava que você gostaria de me ver quando eu chamava vocês para tomarem o café da tarde, quando você me olhava com seus olhinhos de gato e parecia implorar por alguma coisa que eu não poderia lhe dar. A minha nudez consentida, naquela tarde em que deixei a porta aberta, foi a forma de amenizar a angústia nascente de seu rosto sempre que sua mãe o chamava e você era obrigado a nos deixar; a minha nudez consentida, naquela tarde em que me mantive de costas apenas por me ter faltado coragem de enfrentar a legitimidade dos seus olhos de criança, foi a forma de diluir um pouco o ciúme que você sentia do Tino, do ciúme que você imaginava estar escondido dentro de si quando você precisava ir para a sua casa e enfrentar a noite na solidão de seu quarto, que era uma solidão igual à minha, tão dolorosa e triste como é a solidão de qualquer pessoa, independentemente da idade que carregue nas costas."

Tenho a impressão de que alguém pretende me matar, penso nisso com freqüência...

Eu choro, o rosto apoiado nas mãos da irmã do Tino sobre a mesa, ao lado das nossas xícaras vazias; eu choro muito, todas as lágrimas que por séculos e séculos mantive presas aos olhos, como se durante toda a minha vida não tivesse havido motivos para chorar. A irmã do Tino beija-me a boca, sem escrúpulos, um beijo sem ressentimentos, um beijo compatível com a leveza que a presença da irmã do Tino sustenta sobre meu espírito envelhecido. E assim adormeço um sono sem sonhos, sem tempos prescritos, sob a contemplação da irmã do Tino, a irmã do Tino que agora tem uma pequena ruga desenhada na interminável juventude do rosto.

Delphine havia saído não sei há quanto tempo, devia ser muito, pois seu rosto, apesar de minha insistência, era apenas uma sugestão de rosto perdido da imensidão da sala vazia e silenciosa. Minha mão, no entanto, ainda guarda a textura de seu sexo aquecido, quase um seio na extremidade do ventre, a textura perene e rosada de um seio que me lembro ter aconchegado certa vez, num dia no qual fui testemunha da luta de um homem quase morto querendo viver seus últimos resquícios de vida, numa tarde em que a luz refletida pelos girassóis penetrava pela janela de um trem andando para trás, quando vi e não esqueço uma marca de lábios de mulher na porcelana branca da xícara do café. Olho para a minha mão e não tenho dúvidas: ali esteve o sexo de Delphine, a textura de um seio, mármore macio, ela agarrada ao meu braço, acomodando-me junto ao ventre, suas coxas pressionando minha mão contra si, a posição fetal sobre a grama ao lado dos cadernos escolares e da calça de Sevilla; as pálpebras quase a ocultar a luz rutilante das pupilas, os lábios crescidos e tensos, as narinas dilatadas por um suspiro de prazer, quase inaudível, atormentando a placidez do outono fugidio; uma leve distensão na comissura dos lábios, o sorriso contido para invocar a necessária cumplicidade do dia que começava a morrer em uma linha vertical sobre a lassidão dos nossos corpos, sobre a nossa alegria consentida, sobre a nossa solidão impostergável.

Se eu pudesse olhar para os meus próprios olhos como olho agora para a minha mão em concha, o rosto de Delphine não seria apenas uma sugestão de rosto a se dissolver aos poucos, em meio a este cheiro de pólvora queimada invadindo a sala, vindo não sei bem de onde, se da porta que Donana não fechou após me deixar o chá, ou se da janela aberta por onde vejo a noite caída sobre a rua de paralelepípedos rosados e a estação quase deserta — a mesma estação que todas as tardes antecipava Delphine, a menina dos cadernos escolares vinda com o trem, com a chuva, com a neve, com o sol, com todas as estações do ano...

Dois halos de luz à entrada da plataforma, uma frase de romance quase esquecido esvoaça na densa atmosfera da sala, por pouco não se perde no ar, mas chega, chega e agora cintila na minha memória quando olho para a estação e penso em Delphine, nos dias passados ao lado de Delphine, na vida com Delphine sempre por perto inventando as suas histórias sobre os desencontros do tempo:

"— ... *Não fosse a neblina você poderia ver sua casa, do outro lado da baía. Há sempre uma luz verde, que fica acesa a noite toda, na extremidade do seu embarcadouro...*"

Tenho a impressão de que alguém pretende me matar, penso nisso com freqüência, mas não posso imaginar algum motivo para alguém querer dar cabo à minha vida sem ao menos me anunciar alguma razão. Delphine, certa vez, teria dito que o homem que atirou na minha imagem refletida no espelho voltaria para atirar novamente... É o único fato do qual me lembro agora, quando me sinto prestes a acordar de um longo pesadelo.

É quando vejo o cachecol pendurado nas costas da cadeira, um cachecol de lã que ainda é um sinal de vida, um último sopro de vida; um cachecol que vem a ser o último galho disponível antes de a correnteza ser finalmente anunciada vencedora. O cachecol, assim como está, meio enrodilhado, como se guardasse o calor de um pescoço, ainda assume ares de vida apesar do abandono, ares que não poderiam ser outros, os de um cachecol de lã esquecido nas costas de uma cadeira vazia.

"Mas o que é isso, senhor?", lembro-me de ter ouvido Donana dizer, certa vez, ao me ver caído da cadeira, no meio da sala, a mão estendida na direção de algo que eu queria apanhar e não conseguia.

Donana acomoda-me novamente sobre a cadeira e pergunta se desejo alguma coisa e respondo "não", não desejo mais nada, gostaria apenas de me lembrar o motivo de minha queda sobre o tapete frio da sala, do motivo que me levou a dizer a Donana que de nada precisava quando, na verdade, recordo-me agora: eu precisava de ajuda, sim; havia sobre as costas da cadeira um cachecol de lã no qual estava entranhado o perfume de quem o usara quando aqui estivera; lembro-me de ter dito não por vergonha, quando devia ter dito sim, que eu precisava dela, de sua ajuda, que ela me alcançasse, "por favor", o cachecol de lã antes de a luz da estação se apagar entre os pedaços do meu espelho quebrado, por onde olho e vejo um homem caminhando na direção do embarcadouro, um homem que se multiplica quando abaixo um pouco a cabeça e o enquadro na parte quebrada do espelho, e percebo que se parece comigo este homem a caminhar na direção de um precipício com pedras rutilantes e pontiagudas — e me despeço desse homem com um aceno de mão, por sobre o cachecol de lã preso na guarda da cadeira, no exato momento em que sinto na cabeça um impacto pavoroso seguido de um aquecimento veloz nas faces, um reflexo vermelho vivo diante dos olhos, como se um *flash* fosse disparado à queima-roupa, e só depois, só depois dessa visão estranha da morte é que ouço um estampido seco, forte, vindo da janela aberta.

O tiro.

É o segundo tiro.

E me lembro que, segundos atrás, eu ouvi o barulho de algo caindo no lado de fora da janela. O barulho parecia ser o da queda de um homem que não conseguia se manter onde estava e segurar uma arma ao mesmo tempo. Ele lutava para permanecer pendurado na janela enquanto me procurava com os olhos como um facho de laser perscrutando a penumbra da sala. Lembro-me, agora, de que esse mesmo homem, poucos segundos atrás, quebrara o espelho da sala com um tiro destinado a mim. E é assim, sob o peso destes ínfimos segundos restantes de vida entre o primeiro e o segundo tiros, que o rosto de Delphine se recompõe, veloz como sete trens rumo ao infinito, e convida-me para dançar; e dançamos, ela sussurra algo ao meu ouvido, sinto o calor de seu hálito a me propor alguma coisa que não consigo decifrar, e depois ela vai se dissipando aos poucos, com extremo vagar e silêncio, e tenho uma vaga idéia de ainda ter ouvido um terceiro tiro misturado ao último trovejar de seu sussurro, e a face de Delphine se apaga lenta e definitivamente dentro de todos os espelhos que também se apagam entre uma sombra e outra da minha vergastada memória. Mas ainda há, antes do fim, as pedras rutilantes na garganta do despenhadeiro lá embaixo... e de lucidez só me resta a tíbia percepção de que é para lá, para a entranhas escancaradas e famintas da terra, que desliza veloz a cadeira de rodas e seu último e dolorido sopro de vida.